O MÉDICO E O MONSTRO

E OUTRAS HISTORIAS

R. L. STEVENSON

CLÁSSICOS SARAIVA

O MÉDICO E O MONSTRO

E OUTRAS HISTÓRIAS

R. L. STEVENSON

CLÁSSICOS SARAIVA

Tradução de Nair Lacerda

Projeto Gráfico ganhador do
"AIGA 50 Books/50 Covers – 2008",
Prêmio Internacional do American Institute
of Graphic Arts (AIGA)

1ª edição

Editora Saraiva

CLÁSSICOS
SARAIVA

Gerente editorial
Rogério Gastaldo

Editora-assistente
Solange Mingorance

Coordenação editorial e de produção
Edições Jogo de Amarelinha

Projeto gráfico, edição de arte e diagramação
Casa Rex

Ilustração da capa
Carvall

Cotejo de originais
Thaisa Burani

Revisão
Carla Mello Moreira, Frederico Ventura

Elaboração *Diários de um Clássico, Contextualização Histórica, Suplemento de Atividades, Entrevista Imaginária* e *Projeto Leitura e Didatização*
Vicente Luís de Castro Pereira

Títulos originais dos textos desta edição:
The Strange Case of Dr. Jekyll and Mr. Hyde, The Bottle Imp, Markheim

Impressão e Acabamento
Gráfica Paym

Dados Internacionais de Catalogação na Publicação (CIP)
(Câmara Brasileira do Livro, SP, Brasil)

Stevenson, Robert Louis, 1850-1894.
O médico e o monstro e outras histórias / R. L. Stevenson , tradução de Nair Lacerda. — São Paulo : Saraiva, 2010. — (Clássicos Saraiva)

Suplementado por caderno de atividades
Suplementado por roteiro do professor

ISBN 978-85-02-09492-5

1. Ficção — Literatura juvenil 2. Literatura juvenil I. Título. II. Série.

10-05348 CDD-028.5

Índice para catálogo sistemático:
1. Ficção : Literatura juvenil 028.5

9ª tiragem, 2020

SARAIVA Educação S.A.
Avenida das Nações Unidas, 7221 – Pinheiros
CEP 05425-902 – São Paulo – SP – Tel.: (0xx11) 4003-3061
www.coletivoleitor.com.br
atendimento@aticascipione.com.br

CL: 810095
CAE: 571368

Caro leitor,

Durante todo o ensino fundamental, o estudante terá percorrido oito ou nove anos de leitura de textos variados. Ao chegar ao ensino médio, ele passa a ter contato com o estudo sistematizado de Literatura Brasileira. Nesse sentido, aprende a situar autores e obras na linha do tempo, a identificar a estética literária a que pertencem etc. Mas não passa, necessariamente, a ler mais.

É tempo de repensar esse caminho. É hora de propor novos rumos à leitura e à forma como se lê. Os **CLÁSSICOS SARAIVA** *pretendem oferecer ao estudante e ao professor uma gama de opções de leitura que proporcione um modo de organizar o trabalho de formação de leitores competentes, de consolidação de hábitos de leitura, e também de preparação para o vestibular e para a vida adulta. Apresentando obras clássicas da literatura brasileira, portuguesa e universal, oferecemos a possibilidade de estabelecer um diálogo entre autores, entre obras, entre estilos, entre tempos diferentes.*

Afinal, por que não promover diálogos internos na literatura e também com outras artes e linguagens? Veja o que nos diz o professor William Cereja: "A literatura é um fenômeno artístico e cultural vivo, dinâmico, complexo, que não caminha de forma linear e isolada. Os diálogos que ocorrem em seu interior transcendem fronteiras geográficas e linguísticas. Ora, se o percurso da própria literatura está cheio de rupturas, retomadas e saltos, por que o professor, prendendo-se à rigidez da cronologia histórica, deveria engessá-la?"

Esperamos oferecer ao jovem leitor e ao público em geral um panorama de obras de leitura fundamental para a formação de um cidadão consciente e bem-preparado para o mundo do século XXI. Para tanto, além da seleção de textos de grande valor da literatura brasileira, portuguesa e universal, os **CLÁSSICOS SARAIVA** *apresentam, ao final de cada livro, os* DIÁRIOS DE UM CLÁSSICO *– um panorama do autor, de sua obra, de sua linguagem e estilo, do mundo em que viveu e muito mais. Além disso, oferecemos um painel de textos para a* CONTEXTUALIZAÇÃO HISTÓRICA *– contextos históricos, sociais e culturais relacionados ao período literário em que a obra floresceu. Por fim, oferecemos uma* ENTREVISTA IMAGINÁRIA *com o Autor – uma conversa fictícia com o escritor em algum momento-chave de sua vida.*

Desejamos que você, caríssimo leitor, desfrute o prazer da leitura. Faça uma boa viagem!

SUMÁRIO

O MÉDICO E O MONSTRO E OUTRAS HISTÓRIAS

O MÉDICO E O MONSTRO

HISTÓRIA DA PORTA

O sr. Utterson, advogado, era homem de fisionomia ríspida, jamais iluminada por um sorriso. Frio, contido, de pouca fala. Retrógrado no sentimento. Magro, alto, moreno, lúgubre. Mas até que era simpático. Em reuniões amistosas, e quando o vinho lhe agradava, algo de absolutamente humano se assinalava em seus olhos. Algo que jamais encontrava jeito de expressar-se em palavras, mas que falava, não apenas naqueles silenciosos símbolos de um rosto após o jantar, porém com maior frequência e mais audivelmente nos atos de sua vida. Era austero para consigo mesmo: bebia gim quando estava sozinho, a fim de mortificar sua propensão para os vinhos, e, embora gostasse de teatro, havia vinte anos que não cruzava o limiar de qualquer deles. Era, porém, bastante tolerante com eventuais deslizes de seus conhecidos e impressionava-se – às vezes um tanto invejoso – com o poder do efeito do álcool sobre eles. Em caso de extravagâncias, mostrava-se mais disposto a auxiliar do que a censurar.

— Eu propendo para a heresia de Caim — costumava dizer, curiosamente. — Deixo que meu irmão vá para o diabo conforme lhe apeteça.

Dessa forma, acontecia-lhe, com frequência, ser o último conhecimento decente e a última boa influência na vida de homens que se degradavam. E para com esses, enquanto apareceram em sua casa, jamais lhe passou pela cabeça modificar sua conduta.

Sem dúvida, tal proeza era fácil para o sr. Utterson, pois não era uma pessoa expansiva, tampouco afetuosa; sua amizade parecia fundamentar-se em similar universalidade de boa índole. É característico do homem modesto aceitar o círculo de amigos que o acaso lhe apresenta, e essa era a característica do advogado. Seus amigos eram todos de seu próprio sangue, ou aqueles que conhecera havia muito tempo. Suas afeições, como a hera, representavam crescimento do tempo, não implicavam a aptidão do objeto delas. Daí, sem dúvida, o laço que o unia ao sr. Richard Enfield, seu parente remoto, o famoso elegante da cidade. O que aqueles dois viam um no outro, ou que assuntos teriam eles em comum, era um enigma para muita gente. Os que os encontravam em suas caminhadas de domingo diziam que eles não falavam, que tinham um aspecto singularmente embotado e que acolhiam com alívio visível a aparição de um amigo. Apesar disso tudo, os dois homens faziam grande questão daqueles passeios, contavam-nos como a joia melhor de cada semana e não só punham de parte oportunidades de divertimento, como resistiam mesmo às injunções dos negócios, a fim de poderem gozar deles sem serem interrompidos.

Aconteceu, em uma dessas caminhadas, serem levados para uma rua tributária num dos bairros movimentados de Londres. A rua era pequena e aquilo que chamam quieta, mas ali movimentava-se um comércio próspero, nos dias de semana. Os moradores todos pareciam progredir, e todos em grande emulação para maior progresso ainda, gastando os excessos de seus ganhos em vaidades. Assim, as fachadas das lojas que ficavam ao longo daquela via pública tinham aspecto convidativo, como fileiras de vendedores sorridentes. Mesmo aos domingos, quando seus encantos mais floridos ficavam velados e o caminho relativamente vazio de trânsito, a rua brilhava, em contraste com sua vizinhança sombria, como fogo numa floresta. E com seus postigos pintados de novo, seus metais bem polidos, a limpeza geral e a nota alegre, atraía instantânea e agradavelmente os olhos dos passantes.

Duas portas além de uma esquina, à mão esquerda de quem vai para leste, a linha interrompia-se com a entrada de um pátio. E exatamente naquele ponto um bloco sinistro de construção arremessava para a frente sua empena, sobre a rua. Tinha dois andares, não mostrava janelas, nada, senão uma porta no andar térreo e um frontispício

liso, de parede descolorida, no superior. Sob todos os aspectos revelava prolongado e sórdido abandono. A porta, que não tinha sino nem aldraba, estava gretada, e sua tinta desbotava. Vagabundos abrigavamse na reentrância da porta e riscavam fósforos nos painéis, crianças punham-se a brincar nos degraus e volta e meia um adolescente experimentava sua faca nas molduras. E durante pelo menos uma geração, ninguém aparecera para expulsar aqueles visitantes do acaso ou para consertar o que eles destruíam.

O sr. Enfield e o advogado estavam na outra calçada da rua subsidiária, mas quando chegaram à frente da entrada, o primeiro levantou a bengala e apontou.

— Já reparou nessa porta? — perguntou ele.

E, quando seu companheiro respondeu com uma afirmativa, acrescentou:

— Eu a associo com uma história muito estranha.

— Sério? — disse o sr. Utterson, com ligeira modificação na voz. — E de que se trata?

— Bem, foi assim — retorquiu o sr. Enfield. — Eu ia para casa, vindo de um lugar lá do fim do mundo, mais ou menos às três horas de uma escura madrugada de inverno, e meu caminho passava por uma parte da cidade onde não há para ver, literalmente, senão lâmpadas. Rua após rua, e toda gente adormecida; rua após rua, todas iluminadas como para uma procissão e tão vazias como uma igreja, até que por fim eu me senti naquele estado de espírito em que um homem põe-se a escutar, a escutar, e começar a desejar que apareça um policial. De repente, vi duas figuras: um homenzinho que seguia para o Leste, mancando mas a bom passo, e uma menininha de oito ou dez anos que corria o mais depressa possível, descendo uma rua transversal. Bem, senhor, os dois trombaram um no outro, ao chegarem na esquina, como era muito natural que acontecesse. E então veio a parte horrível do caso, porque o homem pisou calmamente sobre o corpo da criança e deixou-a aos gritos, caída na calçada. Ouvido, o caso parece sem importância, mas foi uma coisa horrível de se ver. Não parecia um homem: parecia algum maldito Juggernaut[1]. Dei um grito de advertência, saí correndo, agarrei pelo colarinho o meu cavalheiro e trouxe-o de volta onde já se formara um grupo junto da criança que gritava. Ele mostrou-se perfeitamente frio e não opôs resistência, mas olhou-me de forma tão horrível que o suor brotou de meus poros. As pessoas que tinham virado a esquina eram da família da menina, e depressa o médico, que tinha sido chamado, apareceu. Bem, a criança nada tinha de grave; fora maior o medo do que outra coisa, segundo o doutor. E aí, pensará o senhor, o assunto estaria terminado. Mas havia uma circunstância curiosa. Eu tinha me tomado de verdadeira aversão por aquele cavalheiro, à primeira vista. O mesmo acontecera com a família da criança, o que era bastante natural. Mas o caso do médico foi que me impressionou. Era ele o tipo habitual do boticário feito sob medida, sem cor nem idade particular, dono de forte sotaque de Edimburgo e quase tão emotivo quanto uma gaita de foles. Bem, senhor, aconteceu-lhe o que tinha acontecido conosco: de cada vez que ele olhava para o meu prisioneiro eu percebia que o doutor ficava branco de desejo de acabar-lhe com a vida. Percebi o que lhe ia pela cabeça, tal como sabia o que ia pela minha, e como não se poderia pensar em matá-lo, fizemos o que mais se aproximaria disso. Dissemos ao homem que podíamos e faríamos tamanho escândalo com aquele caso, a ponto de seu nome cheirar mal de uma ponta a outra de Londres. Se tivesse amigos ou crédito, faríamos com que perdesse ambas as coisas. E todo o tempo, enquanto malhávamos o ferro quente, mantínhamos as mulheres distantes dele, da melhor maneira possível, pois estavam tão furiosas como harpias. Jamais vi um círculo de rostos tão cheios de ódio, e lá estava o homem, no centro, com uma espécie de negra e escarnecedora frieza; amedrontado, também, bem podia eu perceber, mas enfrentando a situação, senhor, tal como Satã. "Os senhores resolveram fazer deste acidente um acontecimento", disse

[1] Juggernaut: referência a uma das representações do deus indiano Vixnu, cujo carro, dizia-se erroneamente, ia esmagando os fanáticos que sob ele se atiravam. Realmente, qualquer morte ou derramamento de sangue no templo na presença do deus era considerada profanação.

ele, "e eu, naturalmente, nada posso evitar. Qualquer cavalheiro só pode querer evitar uma cena. Digam-me que importância desejam". Bem, exigimos cem libras para a família da criança. Era evidente que ele não queria pagar e estava inclusive disposto a brigar, mas deve ter percebido que levaria a pior e desistiu. Agora, seria necessário ir buscar o dinheiro. E para onde pensa o senhor que ele nos levou, se não para aquela casa que tem a porta? Sacou uma chave, entrou para lá e logo depois voltava com dez libras em ouro e um cheque a ser descontado no Coutt, pagável ao portador, e assinado com um nome que não posso mencionar, embora seja um dos pontos da minha história. Mas era um nome muito conhecido, afinal, e frequentemente impresso. Tomei a liberdade de dizer ao meu cavalheiro que aquele negócio todo me parecia apócrifo: que um homem, na vida real, não entra por uma porta de porão às quatro horas da manhã e sai dela com um cheque assinado por outro homem, um cheque de quase cem libras. Mas o homem mostrava-se muito tranquilo e zombeteiro. "Tranquilizem-se", disse ele, "ficarei com os senhores até que os bancos abram, e eu próprio descontarei o cheque". Assim, saímos todos dali, o médico, o pai da menina, nosso amigo e eu próprio, e passamos o resto da noite em meus aposentos. No dia seguinte, depois da primeira refeição, fomos, incorporados, ao banco. Eu próprio entreguei o cheque e disse que tinha toda a razão para pensar que se tratava de uma falsificação. Nada disso. O cheque era válido.

— Mas que história! — disse o sr. Utterson.

— Vejo que o senhor se sente como eu me senti — falou o sr. Enfield. — Sim, é uma história horrível. Porque meu camarada era um homem com quem ninguém poderia ter coisa alguma em comum, um homem realmente amaldiçoado. E a pessoa que assinara aquele cheque é o expoente máximo das decências, famoso também, e (o que faz o caso pior) um dos homens que pratica o que se costuma chamar o bem. Penso que houve extorsão: um homem honesto pagando sem o desejar por alguma irreflexão da juventude. Casa da Extorsão, eis como chamo esse edifício com a porta, em consequência disso. Embora mesmo isso fique longe de ser uma explicação para tudo aquilo — acrescentou ele.

E, tendo dito essas palavras, caiu em meditação. Dela saiu ao ouvir o sr. Utterson perguntar, bastante repentinamente:

— E o senhor não sabe se o homem que assinou o cheque mora ali?

— Lugar agradável, não? — retorquiu o sr. Enfield. — Mas acontece que reparei no endereço dele. Mora numa dessas praças por aí.

— E o senhor jamais fez perguntas sobre... o lugar com a porta? — insistiu o sr. Utterson.

— Não, senhor. Eu tenho uma fraqueza: detesto muitíssimo

fazer perguntas — foi a resposta. — É coisa que participa demais do estilo do Dia do Juízo Final. Faz-se uma pergunta, e é como se se atirasse uma pedra. Está a gente tranquilamente sentado no alto de uma colina, e lá se vai a pedra, derrubando outras. Logo depois aparece um afável e velho pássaro (o último em que pensaríamos), leva uma pedrada na cabeça no próprio jardim dos fundos de sua casa e a família tem de mudar de nome. Não, senhor, isso é um regulamento meu: quanto mais a coisa me parece estranha, menos perguntas faço.

— Esse é um bom regulamento — disse o advogado.

— Mas estudei o lugar sozinho — continuou o sr. Enfield. — Mal parece uma casa. Não há outra porta, e ninguém entra nem sai, a não ser, muito de longe em longe, o cavalheiro da minha aventura. Há três janelas que dão para o pátio no primeiro andar e nenhuma janela no de baixo. As janelas estão sempre fechadas, mas limpas. E há uma chaminé que geralmente deita fumo, portanto alguém mora ali. Ainda assim, isso não é bem certo, pois os edifícios são tão aglomerados em torno desse pátio, que é difícil saber onde termina um e começa o outro.

O par caminhou ainda um instante em silêncio. E, então, disse o sr. Utterson:

— Enfield, aquele seu regulamento é bom.

— Sim, acho que é — respondeu Enfield.

— Mas, apesar disso — continuou o advogado —, há um ponto sobre o qual quero fazer uma pergunta: quero perguntar o nome do homem que pisou a criança.

— Bem — disse o sr. Enfield —, não vejo mal nisto. O nome do homem é Hyde.

— Hum! — perguntou o sr. Utterson. — Que espécie de homem é ele, fisicamente?

— Não é fácil descrevê-lo. Há algo de estranho em sua aparência, algo de desagradável, algo inteiramente detestável. Jamais vi homem com quem antipatizasse mais e, entretanto, mal sei o porquê de tal antipatia. Deve ter uma deformação qualquer: dá forte impressão de deformidade, embora não seja possível especificar o ponto. É homem de aspecto extraordinário, contudo nada posso apontar de concreto, como responsável por isso. Não, senhor. Não sei mais que dizer: não posso descrevê-lo. E não é por falta de memória, pois declaro que posso recordá-lo tal como é, neste momento.

O sr. Utterson caminhou de novo em silêncio e evidentemente pesando os pensamentos.

— Tem certeza de que ele usou uma chave? — indagou, finalmente.

— Meu caro senhor... — começou Enfield, inteiramente surpreendido.

— Sim, eu sei — disse Utterson. — Sei que deve parecer

estranho. O fato é que não lhe pergunto o nome do outro homem porque já o conheço. O senhor vê, Richard, que sua história encontrou o alvo. Se foi inexato em algum ponto, é melhor corrigi-lo.

— Acho que o senhor poderia ter me avisado — retorquiu o outro, com certo mau humor. — Mas fui pedantemente exato, tal como diz o senhor. O sujeito usou uma chave. E, o que é mais, ainda a tem, pois eu o vi usá-la não faz uma semana.

O sr. Utterson suspirou profundamente, mas não disse uma palavra. E o jovem recomeçou:

— Foi outra lição para nada dizer. Envergonho-me de minha língua comprida. Façamos a combinação de jamais tornarmos a falar nesse caso.

— Cordialmente — disse o advogado. — E apertemo-nos as mãos para confirmar o pacto, Richard.

À PROCURA DO SR. HYDE

Naquela noite, o sr. Utterson chegou à sua casa de celibatário tomado de depressão e sentou-se para jantar sem apetite. Era seu hábito domingueiro, ao terminar a refeição, sentar-se junto do fogo, com um antigo e ressecado livro de teologia, até que o relógio da igreja vizinha soasse meia-noite, quando, então, podia ir, sensata e prazeirosamente, para a cama. Naquela noite, entretanto, assim que a toalha da mesa foi retirada, apanhou um castiçal e dirigiu-se para seu quarto de trabalho. Ali abriu o cofre-forte, retirou de seu escaninho mais recôndito um documento assinalado como *Testamento do Dr. Jekyll* e sentou-se, sobrancelhas cerradas, a estudar-lhe o conteúdo. O testamento era hológrafo, pois que o sr. Utterson, embora tivesse se incumbido dele depois de pronto, recusava-se a prestar a menor assistência a sua redação. Ali se declarava que em caso de morte do Dr. Henry Jekyll, Doutor em Medicina, Doutor em Leis Civis, Doutor em Leis, membro da Sociedade Real etc., todos os seus bens deveriam passar para as mãos de seu "amigo e benfeitor Edward Hyde", mas que no caso de "desaparecimento ou ausência inexplicável do Dr. Jekyll, por qualquer período excedente a três meses", o dito Edward Hyde deveria receber tudo sem mais demora, livre de qualquer encargo ou obrigação, a não ser o pagamento de algumas pequenas somas ao pessoal doméstico da casa do doutor. Aquele documento havia muito vinha sendo o pesadelo do advogado. Ofendia, nele, tanto o profissional como o apaixonado pelo aspecto sadio e corriqueiro da vida, para quem o fantasioso era imoral. Até então, fora a ignorância em que vivia em relação à pessoa do sr. Hyde que engrossara sua indignação: agora, por uma reviravolta súbita, seu conhecimento do homem é que o indignava. Já parecia bastante mau quando se tratava apenas de um nome do qual nada mais podia saber. Ficara pior quando aquele nome principiara a vestir-se de atributos destestáveis. E de dentro daquele nevoeiro movediço e insubstancial que havia tanto tempo lhe perturbava a visão, saltava, de repente, definido pressentimento da existência de um inimigo.

— Pensei que se tratasse de alguma loucura — disse ele, recolocando o odioso papel no cofre. — Agora começo a temer que se trate de alguma vergonha.

Com aquilo, soprou a vela, vestiu um casacão e dirigiu-se para a praça Cavendish, aquele reduto da medicina, onde seu amigo, o grande sr. Lanyon, tinha casa e recebia seus muitos pacientes.

"Se alguém sabe, terá de ser Lanyon", pensou.

O solene mordomo, que o conhecia, deu-lhe as boas-vindas e, sem mais delongas, levou-o diretamente para a sala de jantar, onde o Dr. Lanyon prolongara a hora da refeição demorando-se a saborear seu vinho.

Tratava-se de um cavalheiro sadio, cordial, alerta, de rosto vermelho, vasta cabeleira prematuramente embranquecida, as maneiras decididas e impetuosas. Vendo o sr. Utterson, saltou de sua cadeira e deu-lhe as boas-vindas com ambas as mãos estendidas. Aquela cordialidade toda, tal como o homem a manifestava, parecia de certa forma teatral, embora sua emoção fosse sincera, já que ambos eram velhos amigos, velhos colegas de colégio e faculdade, inteiramente respeitosos de si próprios e de cada qual – e, o que nem sempre acontece, homens que apreciavam de fato a companhia um do outro.

Depois de uma conversinha sem finalidade, o advogado dirigiu-se ao assunto que preocupava seu espírito de modo tão desagradável.

— Penso, Lanyon — disse ele —, que devemos ser os mais velhos amigos de Henry Jekyll, não é verdade?

— Eu desejaria que tais amigos fossem os mais jovens — respondeu o Dr. Lanyon, soltando uma larga risada. — Mas acho que somos sim. Por que pergunta? Ultimamente não o vejo com frequência.

— Não me diga! — falou Utterson. — Imaginava que vocês dois tinham certos interesses em comum.

— Tivemos — foi a resposta. — Há mais de dez anos, entretanto, Henry Jekyll tornou-se demasiado extravagante para o meu gosto. Começou a se mostrar estranho de cabeça, e embora eu ainda me importe com ele, por amor aos velhos tempos, como se diz, ultimamente o tenho visto pouquíssimo. Tamanho papo-furado anticientífico... — acrescentou o doutor, corando de súbito —... teria separado até Damon de Pítias[2]!

Aquela pequena explosão de ira foi quase que um alívio para o sr. Utterson. "Tiveram algum desentendimento, mas trata-se apenas de qualquer coisa relativa à ciência", pensou ele. E, sendo homem sem paixões científicas (a não ser em matéria jurídica de alienação), acrescentou: "Nada houve pior do que isso!". Deu ao amigo alguns segundos para recuperar a compostura, depois lançou a pergunta que viera fazer:

— Chegou a conhecer um protegido dele... um tal Hyde?

— Hyde? — repetiu Lanyon. — Não. Jamais ouvi falar dele. Não é do meu tempo.

Essa foi toda a informação que o advogado levou consigo para o grande leito escuro no qual debateu-se de cá para lá, madrugada adentro. Foi uma noite inquieta para sua mente que se esforçava e se esforçava, em plena escuridão, acossada pela perplexidade.

Os sinos da igreja que ficava tão convenientemente vizinha do sr. Utterson assinalaram seis horas, e ele ainda estava lutando com aquele problema. Até então aquilo só o tinha afetado pelo lado intelectual, mas agora também sua imaginação se empenhara, ou antes, escravizara-se, e enquanto ali estava a debater-se na grande treva da noite e do quarto encortinado, a história do sr. Enfield passava-lhe pela mente num desenrolar-se de quadros luminosos. Via o grande campo de lâmpadas na cidade noturna, depois a figura de um homem caminhando apressadamente, a seguir uma criança correndo, vinda da casa do doutor; os dois encontram-se e aquele Juggernaut humano pisa sobre a criança e passa, sem dar-lhe atenção aos gritos. Ou então via um aposento numa casa rica, onde seu amigo estava adormecido, sonhando e sorrindo em seu sonho: então, a porta do quarto abria-se, as cortinas do leito eram violentamente afastadas, o dormente chamado, e ali estava, ao lado dele, a figura à qual fora dado poder, e mesmo àquela hora morta ele devia levantar-se e fazer o que lhe era ordenado. A figura das duas fases perseguiu o advogado durante a noite inteira, e se em alguns instantes cochilava sobre ela,

[2] A lenda grega de Damon e Pítias costuma ser citada como um exemplo de forte amizade. Conta-se que o rebelde Pítias fora condenado à morte pelo tirano rei Dionísio. O jovem suplicou, como último desejo, regressar à sua cidade natal para dar adeus a seus familiares. Como prova de que Pítias não fugiria, Damon ofereceu-se para ficar preso em seu lugar. Por problemas na viagem, Pítias só regressou no dia da sentença e, ao ver que seu amigo ainda não havia sido executado em seu lugar, chorou de felicidade. Diante de tal ato de lealdade, o rei inocentou os dois amigos.

era para vê-la deslizar ainda mais furtivamente através de casas adormecidas, mesmo vertigiosamente, através de mais amplos labirintos de cidades iluminadas pelas lâmpadas, pisando em cada esquina de rua uma criança e deixando-a a gritar. Entretanto, aquela figura não tinha rosto pelo qual pudesse ser identificada: mesmo em seu sonho ela não tinha rosto, ou o que tinha iludia-o, desvanecendo-se diante de seus olhos. Aquilo fez surgir e crescer rapidamente no espírito do advogado uma curiosidade singularmente forte, quase insólita, de captar as feições do verdadeiro sr. Hyde. Se pudesse pôr-lhe os olhos em cima, ainda que por uma única vez, supunha que o mistério se esclareceria ou talvez desaparecesse, tal como acontece com as coisas misteriosas, quando são bem examinadas. Ele poderia descobrir uma razão para a estranha preferência ou escravização do amigo (chamem-na do que quiserem), e mesmo para a extraordinária cláusula do testamento. Pelo menos seria um rosto que valeria a pena ver: o rosto de um homem sem entranhas misericordiosas, uma face que só precisou aparecer para despertar na mente do pouco impressionável Enfield um espírito de permanente odiosidade.

Daquela ocasião em diante, o sr. Utterson começou a frequentar a porta da rua lateral de lojas. Pela manhã, antes do horário do escritório, ao meio-dia, quando os negócios estavam no auge e o tempo era escasso, à noite, sob o rosto enevoado da lua urbana; com todo tipo de luz e a todas as horas de solidão ou movimento, o advogado podia ser encontrado no local que escolhera.

"Se ele quer brincar de esconde-esconde, não perde por esperar. Ele é o sr. Hyde e eu serei o sr. Seek[3]", pensou.

Por fim, sua paciência foi recompensada. A noite mostrava-se bonita e seca, o ar gelado e as ruas limpas como salas de baile. As lâmpadas, que vento algum fazia oscilar, formavam um desenho preciso de luz e sombra. Às dez horas, quando as lojas estavam já fechadas, a rua lateral mostrava-se muito vazia e, apesar do surdo rumor de Londres a fazer-se ouvir em torno, muito silenciosa. Pequenos sons passavam, ruídos domésticos que saíram das casas eram claramente audíveis de ambos os lados da via pública, e o rumor de passos de qualquer passante precedia-o muito tempo antes que ele aparecesse. O sr. Utterson estava em seu posto havia alguns minutos, quando percebeu um passo leve e estranho que vinha se aproximando. No curso de suas vigias noturnas, ele havia muito se habituara ao efeito singular que tem o ruído dos passos de uma só pessoa quando ela ainda está bastante longe, fazendo-se subitamente distintos entre o vasto burburinho abafado e o rumorejar de uma cidade. Entretanto, jamais sua atenção estivera tão aguda e decisivamente atraída, e foi com previsão forte e supersticiosa de sucesso que recuou para a entrada do pátio.

---

[3] No original em inglês, há um jogo de palavras com os verbos *hide* e *seek*. O primeiro quer dizer "esconder" e o segundo "procurar".

Os passos aproximavam-se rapidamente, crescendo o rumor quando viraram de súbito a esquina. O advogado, olhando ali de sua entrada, depressa pôde observar o homem com quem se teria de haver. Era pequeno, estava vestido com simplicidade e seu aspecto, mesmo a distância, fez-se fortemente contrário às simpatias do observador. Dirigia-se, porém, diretamente para a porta, atravessando a rua para ganhar tempo. Aproximando-se, tirou uma chave do bolso, como alguém que chega à sua casa.

O sr. Utterson saiu de seu esconderijo e tocou-lhe no ombro, quando ele passou.

— O sr. Hyde, penso eu?

O sr. Hyde teve um recuo, retendo o fôlego com um rumor que era um sibilo. Mas seu medo foi apenas momentâneo e, embora não encarasse o advogado, respondeu friamente:

— Esse é o meu nome. Que deseja?

— Vi que ia entrar — respondeu o advogado. — Sou um velho amigo do Dr. Jekyll, o sr. Utterson, da Rua Gaunt; o senhor deve ter ouvido meu nome. E, já que o encontro tão convenientemente, acho que pode fazer-me entrar.

— O senhor não encontrará o Dr. Jekyll em casa — retorquiu o sr. Hyde, introduzindo a chave na fechadura. E então, subitamente, mas ainda sem erguer os olhos: — Como me reconheceu?

— Por sua vez — disse o sr. Utterson —, quer fazer-me um favor?

— Com satisfação — respondeu o outro. — Que deseja?

— Deixe-me ver seu rosto? — pediu o advogado.

O sr. Hyde pareceu hesitar e, então, como se tivesse refletido de repente, enfrentou o outro, com ar desafiador. E ambos se contemplaram, estáticos, durante alguns segundos.

— Agora, eu poderei reconhecê-lo — disse o sr. Utterson. — Pode ser útil isso.

— Sim — disse o sr. Hyde —, é como se tivéssemos sido apresentados e, à *propos*, o senhor precisa ter meu endereço.

E deu o número de determinada rua no Soho.

"Bom Deus!", pensou o sr. Utterson. "Terá ele também pensado no testamento?"

Guardou para si, entretanto, essa reflexão e resmungou apenas uma confirmação do endereço.

— E agora — disse o outro —, como me reconheceu?

— Por uma descrição — foi a resposta.

— Quem fez essa descrição?

— Temos amigos comuns — disse o sr. Utterson.

— Amigos comuns? — repetiu o sr. Hyde, com a voz um tanto rouca. — Quem são eles?

— Jekyll, por exemplo — falou o advogado.

— Ele nunca lhe disse nada — exclamou o sr. Hyde, corando de cólera. — Nunca pensei que o senhor fosse capaz de mentir.

— Ora, vamos — disse o sr. Utterson —, isso não é jeito de falar.

O outro desatou num riso selvagem e zombeteiro e imediatamente, com extraordinária rapidez, tinha aberto a porta e desaparecido na casa.

O advogado ficou ali, depois que o sr. Hyde o deixara, a encarnação do desassossego. Em seguida começou a subir vagarosamente a rua, parando a cada um, dois passos, e levando a mão à fronte como que tomado de perplexidade. O problema que debatia enquanto caminhava era da classe daqueles que raramente são resolvidos. O sr. Hyde era pálido e quase um anão, dava a impressão de deformidade sem que tivesse qualquer defeito a que se pudesse dar nome. Seu sorriso era desagradável, enfrentara o advogado com uma espécie de desumana mistura de timidez e arrojo, e falara com voz velada, sussurrante, como que esganiçada. Todas essas coisas levantavam-se contra ele, mas nem todas elas juntas poderiam explicar o asco, o ódio e o medo com que o sr. Utterson olhara para ele, até então jamais sentidos pelo advogado em relação à outrem. "Deve haver alguma outra coisa", pensava o perplexo cavalheiro. "Há outra coisa, e não encontro um nome para ela. Deus me perdoe, mas aquele homem mal parece humano! Tem algo de troglodita, diríamos? Ou será a velha história do Dr. Fell? Ou, mesmo, simples irradiação de uma alma perversa que assim transpira e transfigura seu continente de barro? Penso que se trata desta última hipótese, pois, ó meu pobre e velho Henry Jekyll, se se eu nunca havia visto a assinatura de Satanás sobre um rosto, acabo de ver no rosto de seu novo amigo."

No quarteirão que fazia ângulo com a esquina lateral havia uma quadra de casas amigas e bonitas, agora, em sua maior parte, abandonadas ao tempo, rebaixadas de sua antiga elegância e transformadas em apartamentos e quartos para todas as espécies e condições de homens: gravadores de mapas, arquitetos, advogados obscuros e agentes de empresas duvidosas. Uma casa, entretanto, a segunda a partir da esquina, ainda estava inteiramente ocupada, e naquela porta, que ainda mostrava ar de riqueza e conforto, embora agora mergulhada na escuridão, a não ser pela claridade da bandeira da janela, o sr. Utterson parou e bateu. Um criado idoso, bem vestido, abriu a porta.

— O Dr. Jekyll está em casa, Poole? — perguntou o advogado.

— Vou verificar, sr. Utterson — disse Poole, fazendo entrar o visitante, em um vestíbulo amplo, confortável, de pé-direito baixo, pavimentado com lajes, aquecido (à moda das casas de campo) por uma lareira aberta e resplandecente e mobiliado com caras peças de carvalho.

— Quer esperar aqui junto da lareira, senhor? Ou devo levar uma lâmpada para a sala de jantar?

— Fico aqui mesmo, obrigado — disse o advogado, aproximando-se e recostando-se à lareira alta. Aquele salão, no qual agora ficara sozinho, era o capricho predileto de seu amigo médico. E o próprio Utterson estava pronto a referir-se a este como o mais agradável aposento de Londres. Mas, naquela noite, havia um tremor em seu sangue: o rosto de Hyde afirmava-se pesadamente em sua memória, e ele sentia (coisa que muito raramente lhe acontecia) náusea e desgosto em relação à vida. Em seu sombrio estado de espírito parecia-lhe ler uma ameaça no reflexo bruxuleante do fogo sobre os móveis polidos. E da sombra do forro vinha uma inquietação. Sentiu-se envergonhado do alívio que experimentou quando Poole voltou para anunciar-lhe que o Dr. Jekyll havia saído.

— Vi o sr. Hyde entrando pela porta da velha câmara de dissecção, Poole. — Está certo isso, quando o Dr. Jekyll não está em casa?

— Está certo, sim, sr. Utterson. O sr. Hyde tem uma chave.

— Seu patrão parece depositar grande confiança naquele jovem, Poole — disse o outro, pensativo.

— Sim, senhor, realmente deposita — falou Poole. — Todos temos ordens para obedecer-lhe.

— Penso que nunca fui apresentado ao sr. Hyde. Fui? — perguntou Utterson.

— Oh! Não, não foi, senhor. Ele nunca janta aqui — replicou o mordomo. — Realmente, pouco o vemos deste lado da casa. Quase sempre entra e sai pelo laboratório.

— Bem, boa noite, Poole.

— Boa noite, sr. Utterson.

O advogado dirigiu-se para casa levando o coração bastante pesado. "Pobre Henry Jekyll", pensava, "se minha mente não me induz a erro, ele está em maus lençóis! Era amalucado, quando jovem, isso há muito tempo, é verdade. Mas a lei de Deus não prescreve. Bem, deve ser isso: o fantasma de algum velho pecado, o câncer de alguma vergonha oculta; o castigo chegando, *pede claudo*[4], anos depois de a memória ter esquecido e o amor-próprio ter perdoado a falta." O advogado, assustado com aquele pensamento, pôs-se a pensar por algum tempo em seu próprio passado, examinando todos os cantos da memória, temendo que alguma velha iniquidade saltasse diante de si. Seu passado era dos mais inocentes e poucos homens poderiam ler os arquivos de sua vida com menos apreensão. Entretanto, sentia-se mortificado, rasteiro até o pó, pelas muitas coisas más que fizera, para em seguida se recompor e sentir

---

[4] Em latim. Frase do poeta Horácio, *pede poena claudo* . Tradução: "o castigo caduca".

enorme gratidão por todas aquelas que estivera próximo de cometer, mas evitara levar a cabo. Então, voltando-se para seu assunto inicial, teve um lampejo de esperança. "Aquele mestre Hyde, se fosse estudado", pensou, "revelaria segredos pessoais: segredos horríveis, a julgar pela aparência dele, segredos diante dos quais os piores do pobre Jekyll pareceriam luz solar. As coisas não podem continuar como estão. Fico gelado ao pensar naquela criatura insinuando-se como um ladrão junto da cabeceira de Henry. Pobre Henry, que despertar! E o perigo que há nisso, pois se aquele Hyde suspeita da existência do testamento pode tornar-se impaciente para entrar na posse da herança. Ai, ai... preciso meter um ombro à roda... se Jekyll consentir que eu o faça", pensou ainda. "Se Jekyll ao menos consentir que eu o faça." Porque mais uma vez, com os olhos da mente, ele via, claras, como em transparência, as estranhas cláusulas do testamento.

O DR. JEKYLL ESTAVA BEM TRANQUILO

Uns quinze dias depois, por uma dessas esplêndidas sortes, o doutor deu um de seus agradáveis jantares para cinco ou seis velhos camaradas, todos inteligentes, todos famosos e conhecedores de bom vinho. E o sr. Utterson arranjou-se para ficar, depois que os outros se retiraram. Não havia novidade naquilo, pois o mesmo acontecera muitíssimas vezes. Quando gostavam de Utterson, gostavam realmente. Os anfitriões adoravam reter o seco advogado, quando os falantes e animados já estavam com o pé no limiar da saída. Gostavam de ficar um instante mais com um companheiro tranquilo, habituando-se à solidão que se seguiria, tranquilizando a mente com o rico silêncio do homem, depois do gasto e do cansaço vindos da jovialidade. Àquela regra o Dr. Jekyll não fazia exceção; estava sentado do outro lado da lareira – homem grande, benfeito, de rosto liso, com cinquenta anos, algo de astuto na fisionomia, talvez, mas com todas as marcas da capacidade e da bondade – e era possível observar, pela maneira dele, quanto era sincera a calorosa afeição que tributava ao sr. Utterson.

— Estive a esperar para conversar com você, Jekyll — começou o advogado. — Lembra-se daquele seu testamento?

Um observador atento poderia ter reparado que o assunto não agradara, mas o doutor recebeu-o alegremente.

— Meu pobre Utterson — disse ele —, sua infelicidade é ter um cliente destes. Jamais vi homem mais em apuros do que você ficou a propósito do meu testamento, a não ser aquele pedante obstinado, o Lanyon, diante do que chamava minhas heresias científicas. Oh! Eu sei que ele é bom sujeito (não precisa franzir as sobrancelhas), excelente sujeito, e sempre tenho a intenção de visitá-lo mais vezes. Mas nem por isso deixa de ser um pedante obstinado. Um pedante fanfarrão e ignorante. Jamais homem algum me desapontou tanto como Lanyon.

— Você sabe que jamais aprovei aquele testamento — continuou Utterson, pondo de lado, sem mais cerimônias, o novo assunto.

— Meu testamento? Sim, certamente, eu seu disso — falou o médico, um tantinho áspero. — Você já me disse.

— Bem, torno a dizer-lhe — foi falando o advogado. — Estive sabendo algo sobre o jovem Hyde.

O grande rosto simpático do Dr. Jekyll empalideceu até os lábios e em torno de seus olhos formou-se um halo escuro.

— Não quero saber de nada — disse ele. — Este é um assunto em que tínhamos combinado não tocar.

— O que eu soube é abominável — falou Utterson.

— Não posso fazer modificação alguma. Você não compreende minha posição — retorquiu o médico, com certa incoerência de maneiras. — Estou em situação penosa, Utterson, minha posição é muito estranha, muito estranha, mesmo. É um desses casos que não pode ser arranjado com conversas.

— Jekyll — disse Utterson —, você me conhece: sou homem em quem se poder confiar. Desafogue o peito com uma confidência e não tenha dúvida de que eu poderei tirá-lo dessa situação.

— Meu bom Utterson — falou o doutor —, é muito amável de sua parte, muitíssimo amável de sua parte, e não encontro palavras para lhe agradecer. Acredito inteiramente em você. Teria mais confiança na sua pessoa do que em qualquer outro homem, mais confiança até mesmo do que na minha própria pessoa, se pudesse escolher. Mas não se trata, realmente, do que você imagina: não é coisa assim tão má. E para tranquilizar seu bom coração vou dizer-lhe apenas uma coisa: na hora em que eu quiser poderei livrar-me do sr. Hyde. Dou-lhe minha palavra a esse respeito. E muito, muito obrigado. Acrescentarei ainda uma palavrinha, Utterson, e estou certo de que não a levará a mal. Este é um assunto particular e peço-lhe que o deixe de lado.

Utterson refletiu um momento, olhando para o fogo.

— Não tenho dúvida de que você tem toda razão — disse ele, por fim, levantando-se.

— Bem, mas já que tocamos no caso, e pela última vez,

segundo espero — declarou o médico —, há um ponto que eu gostaria de ver você compreender. Tenho, realmente, grande interesse pelo pobre Hyde. Sei que o viu, pois ele me contou. Receio que se tenha mostrado rude para com você, mas, sinceramente, tenho um interesse muito grande por aquele jovem. E se eu desaparecer, Utterson, desejo que me prometa entender-se com ele e tratar de seus direitos. Penso que fará isso, se o conheço bem. Mas, se me prometesse, tiraria um peso de minha mente.

— Não posso nem ao menos fingir que chegarei a gostar dele — disse o advogado.

— Não peço isso — insistiu Jekyll, colocando a mão sobre o braço do outro. — Só peço justiça, só peço que o ajude, por amor à mim, quando eu já não existir.

Utterson não pôde reprimir um suspiro.

— Bem — disse ele —, prometo.

O CASO DO ASSASSINATO DE CAREW

Mais ou menos um ano depois, no mês de outubro, Londres foi sacudida por um crime de ferocidade singular, que se fez ainda mais comentado pela alta posição em que vivia a vítima. Os pormenores eram poucos e espantosos. Uma criada de dentro, vivendo a sós numa casa que não ficava longe do rio, subira para deitar-se mais ou menos às onze horas. Embora a cidade estivesse envolvida em nevoeiro, pela madrugada, as primeiras horas da noite foram livres de bruma e a alameda para qual dava a janela do quarto da criada mostrava-se brilhantemente iluminada pela lua cheia. Ao que parecia, a mulher era de inclinações românticas, pois sentou-se sobre sua arca, que ficava sob a janela, e pôs-se a devanear. Nunca (era o que ela dizia, chorando aos borbotões, quando narrava aquele acontecimento), nunca se sentira tão em paz com todos os homens, nem jamais pensara no mundo com tanta magnanimidade. E, ali sentada, acabou por observar um senhor idoso, bonito, de cabelos brancos, que se aproximava, seguindo a alameda. E, caminhando ao encontro dele, vinha outro cavalheiro, muito baixo, ao qual de início ela prestou menor atenção. Quando chegaram a um ponto de onde se poderiam falar (o que se deu exatamente sob os olhos da criada), o homem mais velho inclinou-se num cumprimento e aproximou-se do outro com maneiras muito elegantes e corteses. Não parecia que as palavras que dirigiu ao outro fossem de grande importância, e nesse ponto, realmente, a impressão era de que tivesse perguntado algo sobre o caminho. A lua, porém, brilhava no rosto dele, enquanto o homem falava, e a moça teve prazer em observá-lo, pois ali parecia haver uma disposição bondosa e inocente de gente tradicional e ao mesmo tempo elegante, como que numa autossatisfação bem fundamentada. Logo depois os olhos dela passaram pelo outro homem e surpreendeu-se ao reconhecer nele um certo sr. Hyde, que certa vez visitara seu patrão, pessoa pela qual ela se enchera de antipatia. Ele trazia na mão uma bengala pesada e parecia ouvir com impaciência mal contida. De repente, teve uma grande explosão de cólera, batendo com os pés no chão, brandindo a bengala, e comportando-se (segundo expressão da criada) como um louco. O velho cavalheiro deu um passo para trás, com o ar de alguém que se sentisse muito surpreendido e um tanto magoado. Com aquilo, o sr. Hyde perdeu de todo a compostura e bateu-lhe com a bengala até derrubá-lo por terra. Logo depois, com a fúria de um símio feroz, pisoteava sua vítima, atirando-lhe ainda uma

saraivada de golpes, sob os quais seus ossos estalavam audivelmente, enquanto o corpo saltava sobre o pavimento da rua. Com o horror de tal visão e de tais ruídos, a criada desmaiou.

Eram duas horas quando ela voltou a si e chamou a polícia. Havia muito o assassino se fora, mas ali estava a vítima, no meio da alameda, incrivelmente mutilada. A bengala com a qual a proeza fora cometida, embora feita de madeira rara, muito resistente e pesada, tinha sido quebrada ao meio, sob o esforço daquela insensata crueldade. Uma das metades lascadas rolara para a sarjeta vizinha, enquanto a outra fora, muito provavelmente, levada pelo assassino. Uma bolsa e um relógio de ouro foram achados no corpo da vítima, mas nenhum cartão ou papel, a não ser um envelope selado, que ele provavelmente levava para o correio e que trazia o nome e o endereço do sr. Utterson.

Aquela carta foi levada ao advogado na manhã seguinte, antes que ele saísse da cama. Ficou de queixo caído ao saber das circunstâncias, quando a recebeu.

— Nada direi enquanto não tiver visto o corpo — declarou. — O caso pode ser muito sério. Tenham a bondade de esperar enquanto me visto.

E com a mesma fisionomia grave tomou apressadamente sua primeira refeição e seguiu de carro para a delegacia de polícia, para onde o corpo fora levado. Assim que entrou no aposento, acenou com a cabeça.

— Sim — disse ele —, reconheço-o. — Lamento dizer que se trata de *Sir* Danvers Carew.

— Deus do céu, meu senhor! — falou o oficial. — Será possível?

Um momento depois nos olhos dele brilhava a ambição profissional.

— Isso vai ser um escândalo e tanto — falou. — E talvez o senhor nos auxilie a encontrar o homem.

E narrou rapidamente o que vira a criada, mostrando também o pedaço da bengala.

O sr. Utterson abalou-se ao ouvir mencionar o nome de Hyde, mas quando teve diante de si a bengala, não pôde mais duvidar. Quebrada e marcada tal se apresentava, reconheceu-a como a que ele próprio dera de presente a Henry Jekyll havia muitos anos.

— Este sr. Hyde é pessoa de pequena estatura? — perguntou.

— Muitíssimo pequena, e seu aspecto é muitíssimo perverso, pelo menos é o que diz a criada — informou o oficial.

O sr. Utterson refletiu e depois, levantando a cabeça, disse:

— Se quiser vir comigo no meu carro de aluguel, penso que posso levá-lo à casa dele.

A essa altura já eram nove horas da manhã, com o primeiro nevoeiro da temporada. Um grande pálio cor de chocolate suspendia-se no céu, à baixa altura, mas o vento estava continuamente investindo contra aqueles vapores concentrados, desbaratando-os. Por isso, enquanto o carro arrastava-se de rua a rua, o sr. Utterson observou um número maravilhoso de graus e tonalidades de lusco-fusco, pois que aqui podia estar escuro como num fim de tarde, e ali haveria um rico e sinistro fulgor cor de castanha, como a luz de alguma estranha conflagração. E ali, por um momento, o nevoeiro se esgarçaria bastante, e um feixe pálido de luz do dia relancearia um olhar entre suas grinaldas rodopiantes. O lúgubre bairro do Soho, visto sob aqueles aspectos cambiantes, com suas ruas lamacentas e transeuntes desmazelados, com suas lâmpadas que jamais se apagavam, ou que tinham sido novamente acesas para combater a invasão daquelas sombras lutuosas, parecia, aos olhos do advogado, um bairro de cidade visto em pesadelo. Além disso, seus pensamentos traziam os coloridos mais fúnebres, e quando relanceava os olhos para seu companheiro de itinerário sentia-se consciente do toque de terror em relação à lei e aos oficiais da lei, que de vez em quando podem assaltar o mais honesto dos homens.

Quando o carro parou diante do endereço indicado, o nevoeiro ergueu-se um tanto e mostrou-lhe uma rua sombria, na qual se viam um botequim, um restaurante francês vulgar, uma quitanda barata, muitas crianças esfarrapadas amontoadas nos portões e muitas mulheres, de diferentes nacionalidades, saindo de casa, com a chave nas mãos, para o trago matinal. Logo depois o nevoeiro fez-se de novo espesso sobre aquele lugar fantasmagórico, acobertando Utterson de suas cercanias pouco recomendáveis. Aquele era o lar do amigo predileto de Henry Jekyll, de um homem que era o herdeiro de um quarto de milhão de esterlinos.

Uma velha de rosto marfíneo e cabelo prateado abriu a porta. Tinha um rosto mau, que a hipocrisia alisava: seus modos, entretanto, eram irretocáveis. Sim, foi o que disse, ali era a casa do sr. Hyde, mas ele não estava. Entrara muito tarde, naquela noite, mas saíra outra vez, menos de uma hora antes. Nada de estranho, pois seus hábitos eram muito irregulares, e ele se ausentava com frequência. Tinha estado ali na véspera, por exemplo, após quase dois meses de ausência.

— Muito bem, então queremos ver os aposentos dele — disse o advogado.

E quando a mulher declarou que tal coisa seria impossível, acrescentou:

— É melhor que eu lhe diga quem é este senhor: o inspetor Newcomen, da Scotland Yard.

Um fulgor de odiosa alegria apareceu no rosto da mulher.

— Ah! — disse ela. — Ele está metido em transtornos! Que fez ele?

O sr. Utterson e o inspetor trocaram olhares.

— O homem não parece ser pessoa muito popular — observou aquele último. — E agora, minha boa senhora, deixe que eu e este cavalheiro demos uma olhadela.

Em toda a extensão da casa, que, a não ser pela mulher, estava inteiramente vazia, o sr. Hyde usara apenas um par de aposentos, mas estes tinham sido mobiliados com luxo e bom gosto. Um armário estava cheio de vinhos, o serviço de mesa era de prata e as toalhas, elegantes. Um bom quadro pendia da parede, presente (segundo pensou Utterson) de Henry Jekyll, que era bom conhecedor. E os tapetes mostravam-se espessos e de cor agradável. Naquele momento, entretanto, os aposentos davam evidência de terem sido recentemente saqueados: havia roupas pelo chão, com os bolsos virados para fora, gavetas com fechos de segurança que estavam abertas, e na lareira estava uma pilha de cinzas, como se vários papéis tivessem sido queimados. Das brasas apagadas o inspetor retirou os canhotos de um livro verde de cheques, que tinham resistido à ação do fogo. A outra metade da bengala foi encontrada atrás da porta, e como aquilo confirmava suas suspeitas, o oficial declarou-se encantado. Uma visita ao banco, onde muitas libras foram descobertas em conta do assassino, completou seu encantamento.

— Pode estar certo, senhor — disse ele ao sr. Utterson —, de que eu o tenho nas mãos. Ele deve ter perdido a cabeça, ou jamais deixaria a bengala, ou, acima de tudo, queimaria o livro de cheques. Ora, dinheiro é vida para um homem. Nada mais temos a fazer senão esperar por ele no banco e espalhar os cartazes.

Essa última providência, entretanto, não foi tão fácil de tomar, pois o sr. Hyde tinha poucos familiares — mesmo o patrão da criada só o vira duas vezes. A família dele não pôde ser encontrada em parte alguma, o homem jamais fora fotografado, e os poucos que podiam descrevê-lo faziam-no com imensas diferenças de observação, como acontece com os observadores comuns. Apenas num ponto todos concordavam: a sensação persistente de deformidade não especificada com a qual o fugitivo impressionava quem o via.

O INCIDENTE DA CARTA

A tarde ia avançada quando o sr. Utterson chegou à porta da casa do Dr. Jekyll, onde foi imediatamente recebido por Poole e levado através da cozinha e de um pátio que outrora fora jardim para o edifício que era indiferentemente conhecido como o laboratório ou a câmara de dissecção. O doutor tinha comprado aquela casa dos herdeiros de um afamado cirurgião e, seus gostos sendo antes para a química do que para a anatomia, mudara o destino do bloco que ficava ao fundo do jardim. Era aquela a primeira vez que o advogado se via recebido naquela parte da casa de seu amigo, e contemplou a estrutura sombria e sem janelas curiosamente, olhando em torno de si com desagradável sensação de estranheza ao atravessar o anfiteatro, em tempos passados repleto de estudantes entusiastas e hoje mesquinho e silencioso, as mesas carregadas de aparelhos de química, o chão mostrando engradados espalhados e coberto de palha de embalagem. Sobre tudo aquilo tombava a luz velada de uma cúpula nevoenta. Na extremidade mais afastada, um lance de escada subia até uma porta coberta com baeta vermelha; através dessa porta o sr. Utterson foi finalmente recebido no gabinete do doutor. Era um aposento grande, arranjado em círculo com armário de vidro, guarnecido, entre outras coisas, com um espelho movediço e uma mesa comercial, e voltado para o pátio através de três janelas empoeiradas que traziam grades de ferro. Na lareira havia fogo, e uma lâmpada acesa estava sobre o rebordo dela, pois mesmo dentro das casas o nevoeiro começava a introduzir-se e a espessar-se. E ali, junto do calor, estava sentado o Dr. Jekyll, que parecia mortalmente doente. Não se levantou para receber sua visita, mas estendeu a mão fria, dando-lhe as boas-vindas com a voz mudada.

— E agora — disse o sr. Utterson, quando Poole os deixou —, você soube das novidades?

O doutor estremeceu.

— Estavam gritando o fato ali na praça — falou. — Ouvi-os da minha sala de jantar.

— Uma palavra — disse o advogado. — Carew era meu cliente, mas você também o é, e eu quero saber o que estou fazendo. Não lhe ocorreu ser louco o bastante para esconder aquele sujeito, não?

— Utterson, eu juro por Deus — exclamou o doutor. — Juro por Deus que nunca mais porei os olhos nele. Empenho-lhe minha honra de que acabei com aquele homem neste mundo. Está tudo terminado. E, realmente, ele não quer meu auxílio. Você não o conhece como eu: esteja seguro, inteiramente seguro. Marque minhas palavras: ninguém mais ouvirá falar nele.

O advogado ouvia, sombriamente, sem gostar da maneira febril de seu amigo.

— Você parece muito certo disso — falou — e, para seu próprio bem espero que tenha razão. Se chegar a haver um julgamento, seu nome aparecerá.

— Estou completamente certo disso — respondeu Jekyll. — Tenho motivos para tamanha certeza, motivos que não posso revelar a ninguém. Mas há uma coisa na qual você pode me aconselhar. Eu recebi... recebi uma carta, e não sei se devo mostrá-la à polícia. Gostaria de deixá-la em suas mãos, Utterson, pois você julgará com sensatez, tenho certeza. Confio muito em você.

— Receia, penso eu, que a carta possa levar Hyde à prisão? — perguntou o advogado.

— Não — disse o outro. — Não posso dizer que me importa o que aconteça com ele. Estava pensando na minha própria pessoa, que esse assunto odioso expôs bastante.

Utterson ruminou aquilo por um instante, espantado e ao mesmo tempo aliviado com o egoísmo de seu amigo.

— Bem — disse ao outro, finalmente. — Deixe-me ver essa carta.

A carta estava escrita com letra estranha, reta, e assinada por Edward Hyde. Declarava, em breves palavras, que o benfeitor a quem escrevia, Dr. Jekyll, cujas mil generosidades ele por tanto tempo havia pagado tão mal, não precisava afligir-se pela sua segurança, pois que dispunha de meios de evasão inteiramente garantidos.

O advogado gostou bastante daquela carta, que colocava a intimidade entre os dois homens sob melhor aspecto do que ela lhe parecera ter. E censurou-se por suas passadas suspeitas.

— Tem o envelope? — indagou.

— Queimei-o — disse Jekyll — antes de saber de que se tratava. Mas não trazia sinais do correio. Deve ter sido entregue em mãos.

— Posso ficar com a carta e matutar sobre o caso? — perguntou Utterson.

— Desejo que resolva por mim, inteiramente — foi a resposta. — Perdi a confiança em meu próprio julgamento.

— Bem, pensarei nisso — disse o advogado. — E, agora, mais uma palavra: foi Hyde quem ditou os termos no seu testamento, no trecho referente ao seu desaparecimento?

O doutor pareceu tomado de uma sensação de vertigem. Fechou a boca fortemente e confirmou com um movimento de cabeça.

— Eu sabia — disse Utterson. — Ele tinha a intenção de assassiná-lo. Teve uma boa escapatória, você.

— Tive algo de que precisava mais — retrucou o doutor, solenemente. — Tive uma lição... ó Deus, Utterson, que lição eu tive!

E por um momento cobriu o rosto com as mãos.

Ao sair, o advogado parou para trocar algumas palavras com Poole.

— A propósito — disse ele —, entregaram uma carta aqui,
hoje: como era o mensageiro?

Mas Poole foi firme em afirmar que nada vieira a não ser pelo correio e, ainda assim, apenas circulares.

Aquela informação renovou os receios do visitante. Era claro que a carta viera pela porta do laboratório e talvez tivesse sido escrita no próprio gabinete. Se fosse assim, deveria ser julgada de maneira diferente e manejada com maiores cautelas. Os jornaleiros, enquanto o advogado caminhava, gritavam até enrouquecer ao longo das calçadas: "Extra! Extra! Assassinato brutal de um membro do Parlamento!" Era a oração fúnebre de seu cliente e amigo, e ele não podia evitar certa agressividade para com o bom nome de outro cliente, prestes a ser arrastado pelo remoinho do escândalo. Era, pelo menos, uma decisão bastante delicada a que ele tomaria, e, embora por hábito fosse autoconfiante, sentia agora um desejo de ouvir conselhos. Talvez não diretamente. O melhor, pensava ele, seria consegui-los sem chamar atenção.

Logo depois disso, sentou-se ao lado de sua própria lareira, com o sr. Guest, seu chefe de escritório, que ficou do outro lado, e entre ambos, a uma distância lindamente calculada do fogo, uma garrafa de um velho vinho especial, que por muito tempo estivera à sombra, na adega de sua casa. O nevoeiro ainda dormia sobre a cidade, afogada nele, onde as lâmpadas luziam como pedra granada e, através do manto sufocante daquelas nuvens tombadas, a procissão da vida da cidade ainda rolava pelas grandes artérias com um som parecido ao de forte ventania. Mas o aposento alegrava-se com a luz da lareira acesa. Fazia muito tempo que os ácidos se haviam desfeito na garrafa, e a tintura imperial tinha esmaecido com o tempo, como as cores se tornam mais ricas em vidraças pintadas. E o fulgor das tardes quentes de outono nos vinhedos das colinas estava pronto para libertar-se e dispersar os nevoeiros de Londres. Insensivelmente, o advogado abrandou-se. Não havia homem para o qual ele tivesse menos segredos do que para o sr. Guest, e nem sempre tinha certeza de guardar, em relação a ele, tantos quantos era de sua intenção guardar. Guest havia frequentado a casa do médico, para negociar: conhecia Poole, e não podia deixar de ter ouvido falar no sr. Hyde e na sua familiaridade com a casa. Poderia tirar daí suas conclusões: não estava bem, portanto, que visse ele a carta que punha em linhas direitas aquele mistério? E não estaria bem, acima de tudo, uma vez que Guest, sendo grande estudante e crítico de caligrafia, consideraria aquilo um passo natural e delicado? O empregado, além disso, era homem de bom conselho e não leria um documento tão estranho sem fazer algum comentário. E, por aquele comentário, o sr. Utterson poderia modelar seus passos futuros.

— O caso de *Sir* Danvers foi bem triste — disse ele.

— Sim, senhor, realmente triste. Sacudiu bastante a opinião pública — retorquiu Guest. — O homem, naturalmente, era louco.

— Eu gostaria de ouvir sua opinião a respeito disso — falou Utterson. — Tenho aqui um documento com a caligrafia dele, e isto fica entre nós, pois mal sei o que fazer neste caso: por muito que se procure uma boa saída, o assunto é péssimo. Mas aqui está, e é bem a sua especialidade: a letra de um assassino.

Os olhos de Guest brilharam, ele endireitou o corpo imediatamente e estudou o documento apaixonadamente.

— Não, senhor — falou —, não era louco, mas esta é uma caligrafia estranha.

— E, seja como for, um correspondente também estranho — acrescentou o advogado.

Nesse momento um criado entrou com um bilhete.

— É do Dr. Jekyll, senhor? — perguntou o empregado. — Pareceu-me reconhecer a letra. Alguma coisa de particular, sr. Utterson?

— Apenas um convite para jantar. Por quê? Deseja vê-lo?

— Um momento. Obrigado, senhor.

O empregado colocou as duas folhas de papel uma ao lado da outra e comparou concentradamente os conteúdos.

— Obrigado, senhor — disse ele, finalmente, devolvendo ambas. — Um interessante autógrafo.

Houve uma pausa durante a qual o Dr. Utterson lutou consigo mesmo.

— Por que foi que os comparou, Guest? — perguntou, de súbito.

— Bem, senhor — respondeu o empregado —, há uma semelhança singular entre as duas, que são idênticas em vários pontos, apenas com inclinação diferente.

— Bastante estranho — disse Utterson.

— Sim, é como diz, bastante estranho — confirmou Guest.

— Eu não falaria sobre essa nota, sabe? — disse o patrão.

— Não, senhor — falou o empregado. — Eu compreendo.

Mas, assim que o sr. Utterson ficou sozinho, naquela noite, fechou a nota em seu cofre, onde ficou dali por diante.

"Quê!", pensava ele. "Henry Jekyll falsificando cartas para o assassino!"

E o sangue corria-lhe frio pelas veias.

NOTÁVEL INCIDENTE DO DR. LANYON

O tempo passou: milhares de libras foram oferecidas como recompensa, pois a morte de *Sir* Danvers tinha sido tomada como insulto público. O sr. Hyde, entretanto, desaparecera do alcance da polícia, como se jamais tivesse existido. Grande parte de seu passado, realmente, foi descoberto, e repleto de infâmia: contavam-se histórias da crueldade do homem, ao mesmo tempo insensível e violento; de sua vida vergonhosa, de seus estranhos companheiros, do ódio que parecia envolver suas atividades. Mas, de sua localização presente, nem um murmúrio. Desde a ocasião em que deixara sua casa no Soho, na manhã do assassínio, o homem simplesmente desaparecera, e gradualmente, conforme o tempo se passava, o sr. Utterson começou a recuperar-se do calor de suas preocupações e a sentir-se mais tranquilo consigo mesmo. A morte de *Sir* Danvers fora, segundo o que ele pensava, mais do que compensada pelo desaparecimento do sr. Hyde. Agora que aquela péssima influência fora afastada, nova vida começara para o Dr. Jekyll. Saiu de sua reclusão, renovou relações com seus amigos, tornou-se mais uma vez seu anfitrião e frequentador familiar. E, embora sempre tivesse sido conhecido pela caridade que fazia, agora não se distinguia menos em matéria de religião. Ocupava-se, vivia bastante ao ar livre, fazia o bem. Seu rosto parecia aberto e brilhante, como que iluminado pela íntima consciência de estar servindo, e durante mais de dois meses o doutor viveu em paz.

No dia 8 de janeiro, Utterson jantara na casa do médico, e com ele um pequeno grupo: Lanyon também estivera ali, e o rosto do anfitrião voltara-se para um e para outro, como nos velhos tempos, quando compunham inseparável trio de amigos. No dia 12, e novamente no dia 14, o advogado encontrou a porta fechada na casa de Jekyll.

— O doutor fechou-se em casa — disse Poole — e não quer ver ninguém.

No dia 15, Utterson fez nova tentativa e recebeu nova recusa. Nos últimos dois meses habituara-se a ver o amigo quase que diariamente e sentiu que aquele retorno à solidão pesava-lhe no espírito. Na quinta noite teve Guest para jantar em sua companhia e na sexta foi até a casa do Dr. Lanyon.

Ali, pelo menos, não lhe negaram entrada, mas quando entrou recebeu um choque ao ver a mudança que sofrera a aparência do doutor. Tinha sua condenação de morte escrita claramente na fisionomia. Aquele homem rosado se tornara pálido. Sua carne desapareceu e estava visivelmente mais calvo e mais velho. Entretanto, não foi tanto aqueles testemunhos de rápida decadência física o que chamou a atenção do advogado, mas um reflexo nos olhos e uma qualquer coisa nas maneiras que parecia demonstrar algum terror profundamente oculto em sua mente. Não parecia possível que o doutor temesse a morte, entretanto foi isso que Utterson ficou tentado a supor. "Sim", pensou, "ele é médico, deve conhecer o próprio estado e saber que seus dias estão contados, e tal conhecimento está acima do que lhe é possível suportar." Entretanto, quando Utterson comentou o seu abatimento, foi com ar de grande firmeza que Lanyon declarou-se um homem condenado.

— Tive um choque — disse ele — e jamais me recuperarei disso. É uma questão de semanas. Bem, a vida foi agradável e gostei dela. Sim, senhor, gostei dela. Penso, às vezes, que, se soubéssemos de tudo, ficaríamos mais contentes por irmos embora.

— Jekyll também está doente — observou Utterson. — Você o tem visto?

Mas o rosto de Lanyon mudou e ele ergueu a mão trêmula.

— Desejo nunca mais ver nem ouvir o Dr. Jekyll — disse ele, em voz alta e vacilante. — Estou farto daquela criatura e peço a você que me poupe qualquer alusão a alguém que considero já morto.

— Vamos, vamos... — disse o sr. Utterson. E depois de considerável silêncio: — Posso fazer alguma coisa? Somos três velhos amigos, Lanyon, não viveremos o bastante para fazer outros.

— Nada pode ser feito — respondeu Lanyon. — Pergunte a ele próprio.

— Ele não me quer receber — disse o advogado.

— Isso não me surpreende — foi a resposta. — Algum dia, Utterson, depois que eu morrer, você talvez venha a conhecer este caso pelo direito e pelo avesso. Eu nada lhe posso contar. E, enquanto esperamos, se puder sentar-se e conversar comigo sobre outras coisas, pelo amor de Deus, fique e faça isso. Mas se não se pode livrar desse amaldiçoado assunto, então, também pelo amor de Deus, vá embora, porque eu não posso suportar tal conversa.

Assim que chegou em casa, Utterson sentou-se e escreveu a Jekyll, queixando-se de não ser recebido e perguntando-lhe a razão daquele infeliz rompimento com Lanyon. No dia seguinte recebeu uma longa resposta, com muitos trechos redigidos em tom patético e outros envolvidos em misteriosa obscuridade. O rompimento com o Dr. Lanyon era irremediável. "Não censuro nosso velho amigo", escrevia Jekyll, "mas compartilho de sua opinião: nunca mais devemos nos encontrar. Pretendo, daqui por diante, levar vida inteiramente reclusa e você não deve se surpreender nem duvidar da minha amizade, se minha porta lhe ficar frequentemente fechada. Precisa deixar que eu siga meu próprio e tenebroso caminho. Chamei sobre mim um castigo e um perigo a que não posso dar nomes. Se sou o principal dos pecadores, também sou o maior dos sofredores. Nunca supus que esta terra contivesse lugar de sofrimentos e terrores tão inumanos, e você não pode, Utterson, para aliviar este meu destino, fazer senão uma única coisa, que será respeitar meu silêncio." Utterson ficou estupefato: a sombria influência de Hyde fora afastada, o doutor voltara a suas antigas tarefas e amizades: uma semana antes a perspectiva fora em todos os pontos de sorridente promessa de uma velhice honrosa e animada. E agora, num momento, amizade, paz de espírito e todo o curso de sua vida estavam destruídos. Modificação tão grande e tão inesperada fazia pensar em loucura, mas diante das maneiras e palavras de Lanyon, devia haver motivo mais profundo para tudo aquilo.

Uma semana mais tarde o Dr. Lanyon acamou-se, e em menos de uma quinzena morria. Na noite seguinte ao funeral, durante o qual se sentira assoberbado pela tristeza, Utterson fechou a porta de seu gabinete de trabalho, e sentando-se lá dentro, diante da luz melancólica de uma vela, retirou da gaveta e colocou diante de si um envelope subscritado a mão e selado com o selo de seu amigo morto. "**particular**: para as mãos de G. J. Utterson **somente**, e no caso de sua morte anteceder a minha, **deve ser destruído sem ser lido**", era o que estava enfaticamente declarado ali. E o advogado temia enfrentar o que o envelope continha. "Enterrei um amigo ontem", pensava ele, "isto vai custar-me outro?" E então condenou seu receio como deslealdade e rompeu o selo. Dentro havia outro envelope, também selado, com a inscrição: "não abrir até a morte ou o desaparecimento do Dr. Henry Jekyll". Utterson não conseguia crer nos próprios olhos. Sim, era desaparecimento que ali estava escrito. Como no louco testamento que havia muito ele devolvera ao seu autor, a ideia de desaparecimento ligava-se ao nome de Henry Jekyll. Mas, no testamento, a ideia saltara de uma sinistra sugestão daquele homem que se chamava Hyde e ali ficara porque tinha um propósito claro e horrível. Escrito pela mão de Lanyon, que poderia aquilo significar? Grande curiosidade invadiu o curador, bem como o desejo de passar por cima da proibição e mergulhar imediatamente até o fundo daqueles mistérios. Mas a honra profissional e a fé em seu amigo morto eram obrigações severas. E o envelope foi dormir no recanto mais fundo de seu cofre particular.

Uma coisa é mortificar a curiosidade, outra é dominá-la, e seria de duvidar que daquele dia em diante Utterson desejasse a companhia do amigo sobrevivente com o mesmo entusiasmo. Pensava nele com bondade, mas seus pensamentos eram inquietos e temerosos. Ia visitá-lo, realmente, mas talvez se sentisse aliviado quando lhe recusavam entrada. Possivelmente, em seu coração, preferisse conversar com Poole, no limiar da porta, circundado pelos sons e pela visão da cidade aberta, em vez de ser admitido naquela casa de escravização voluntária, sentando-se a dialogar com um recluso inescrutável. Poole não tivera, de fato, notícias agradáveis para lhe dar. O doutor, ao que parecia, permanecia, mais do que nunca, recolhido no gabinete que ficava sobre o laboratório a sós. E, às vezes, dormia ali mesmo. Andava desanimado, muito silencioso, não lia: parecia ter algo em mente. Utterson foi habituando-se à uniformidade daquelas notícias, a ponto de gradativamente ir rareando suas visitas.

INCIDENTE NA JANELA

Aconteceu que, num domingo, quando o sr. Utterson fazia seu passeio habitual com o sr. Enfield, o caminho deles mais uma vez fosse ter àquela rua e que, ao passarem diante da casa, ambos parassem a fim de levantar os olhos para as janelas.

— Bem — disse Enfield —, finalmente aquela história acabou. Jamais tornaremos a ver o sr. Hyde.

— Espero que não — respondeu Utterson. — Contei-lhe que cheguei a vê-lo uma vez e compartilhei do seu sentimento de repulsa?

— Seria impossível que isso não acontecesse — retorquiu Enfield. — E, a propósito, que asno o senhor não terá pensado que eu seria, por ignorar que esta era a entrada dos fundos da casa do Dr. Jekyll! E foi em parte por sua causa que descobri isso, quando cheguei a descobrir.

— Então descobriu isso, não foi? — disse Utterson. — Mas se é assim, podemos entrar no pátio e olhar para as janelas. Para lhe dizer a verdade, estou inquieto a respeito do pobre Jekyll e, mesmo do lado de fora, penso que a presença de um amigo poderá fazer-lhe bem.

O pátio estava muito frio e um tanto úmido, cheio de sombras prematuras, embora o céu, bem alto acima da cabeça dos dois amigos, ainda se mostrasse brilhante, iluminado pelo crepúsculo. Das três janelas, a do centro estava meio aberta e, sentado junto dela tomando ar, com a fisionomia infinitamente triste, tal um prisioneiro desconsolado, Utterson viu o Dr. Jekyll.

— Olá, Jekyll! — exclamou ele. — Espero que esteja passando melhor.

— Estou muito abatido, Utterson — respondeu o médico, melancolicamente. — Muito abatido. Não durarei muito tempo, graças a Deus.

— Você fica demasiadamente encerrado em casa — disse o advogado. — Devia sair, pôr em movimento a circulação, como o sr. Enfield e eu. (Este é o meu primo... sr. Enfield, Dr. Jekyll...) Vamos, apanhe seu chapéu e venha dar uma volta conosco.

— Você é muito bondoso — suspirou o médico. — Eu gostaria muito de ir, mas não, não, isso é totalmente impossível: não ouso fazer isso. Mas, realmente, Utterson, alegra-me bastante vê-lo. É, de fato, um grande prazer. Eu gostaria de convidá-lo, e ao sr. Enfield, para entrar, mas isto aqui está numa tal desordem...

— Bem — falou o advogado, com bom humor —, o melhor que temos a fazer, então, é ficar aqui onde estamos e conversar com você aí onde está.

— Era exatamente isso que eu ia arriscar a propor — respondeu o médico, com um sorriso.

Mal acabara, porém, de pronunciar aquelas palavras, o sorriso desapareceu de seu rosto e foi substituído por uma expressão de tão abjeto terror e desespero, que o sangue dos dois cavalheiros gelou em suas veias. Foi apenas um relance, pois a janela fechou-se instantaneamente, mas fora o suficiente. Voltaram-se e saíram do pátio em silêncio. Também em silêncio atravessaram as ruas laterais e, só depois de terem chegado à avenida vizinha, onde, ao término de um domingo ainda havia certos movimentos de vida, foi que o sr. Utterson finalmente voltou-se e encarou o companheiro. Ambos estavam pálidos, e em seus olhos havia, correspondendo-se, um reflexo de horror.

— Deus nos perdoe, Deus nos perdoe! — disse o sr. Utterson.

Mas o sr. Enfield apenas fez um movimento de confirmação com a cabeça muito gravemente, e mais uma vez pôs-se a andar em silêncio.

A ÚLTIMA NOITE

O sr. Utterson estava sentado junto à lareira, certa noite depois do jantar, quando foi surpreendido pela visita de Poole.

— Que é isso, Poole? O que aconteceu, por que vem até aqui? — exclamou ele. Depois, observando melhor o homem, acrescentou: — O doutor está doente?

— Sr. Utterson — disse o homem —, alguma coisa não anda nada bem.

— Sente-se, tome um copo de vinho — disse o advogado. — Agora, tranquilize-se e conte-me sem rodeios o que aconteceu.

— O senhor conhece as maneiras do doutor, sr. Utterson — falou Poole —, e como costuma fechar-se. Bem, está de novo fechado em seu gabinete, e eu não estou gostando disso, senhor, que eu morra se estou gostando disso. Sr. Utterson, meu senhor, tenho medo.

— Vamos, meu bom homem — disse o advogado —, seja explícito. De que tem medo?

— Faz uma semana que tenho medo — replicou Poole, deixando de parte, obstinadamente, a pergunta do outro. — E não posso suportar mais.

A aparência do homem condizia com suas palavras: suas maneiras mostravam-se alteradas para pior e, a não ser pelo momento em que falara pela primeira vez de seu terror, não havia olhado o advogado em pleno rosto. Mesmo agora, sentara-se com o copo de vinho, intocado, sobre o joelho, e seus olhos dirigiam-se para um canto do assoalho.

— Não posso suportar mais — repetiu ele.

— Vamos — disse o advogado —, eu vejo que há alguma boa razão para isso, Poole, vejo que algo de sério deve estar ocorrendo. Tente dizer-me de que se trata.

— Penso que alguma traição está havendo.

— Traição! — exclamou o advogado, muitíssimo assustado e, consequentemente, inclinando-se à irritação. — Que traição? Mas que quer este homem dizer?

— Não ouso falar, senhor — foi a resposta —, mas venha comigo e veja pessoalmente o que se passa.

A única resposta do sr. Utterson foi levantar-se e apanhar o chapéu e o sobretudo. Observou, entretanto, e com admiração, o grande alívio que se estampou no rosto do mordomo, e talvez com admiração não menor, que o vinho ainda continuava intocado quando o homem pousou o copo para segui-lo.

Era uma típica noite de maio aquela, fria e chuvosa, com uma lua pálida, deitada de costas como se o vento a tivesse inclinado; no céu, atravessavam em fiapos as nuvens, como que esgarçadas. O vento fazia difícil a conversação e enrubescia as faces, pelo sangue. Os transeuntes pareciam ter sido varridos das ruas, mais vazias do que de costume, fazendo com que o sr. Utterson tivesse a impressão de que jamais vira tão deserta aquela parte de Londres. Gostaria que não fosse assim, já que nunca em sua vida se sentira consciente de tão agudo desejo de ver e tocar seus semelhantes. Disposto à luta como estava, não podia evitar que em sua mente se estabelecesse esmagadora antecipação de calamidade. A praça, quando ali chegaram, estava cheia de vento e poeira, e as árvores enfezadas do jardim sacudiam-se como chicotes ao longo das sebes. Poole, que durante todo o caminho se colocara a um ou dois passos à frente, ia agora pelo meio da rua e, mesmo com a temperatura fresca, tirou o chapéu e enxugou a testa com seu lenço vermelho. Apesar da pressa com que tinham caminhado, não era o resultado de tal exercício que ele enxugava ali, mas a umidade de alguma angústia sufocante, pois seu rosto mostrava-se lívido e sua voz, quando ele falou, saiu rouca e quebrada.

— Bem, senhor — disse ele —, aqui estamos e Deus permita que não haja nada de mau.

— Amém, Poole — falou o advogado.

Sobre isso, o criado bateu de forma bastante discreta e a porta abriu-se, mantendo-se dentro a corrente de segurança. Uma voz perguntou:

— É o senhor, Poole?

— Sou eu — falou Poole. — Abra a porta.

O vestíbulo, quando nele entraram, mostrava-se brilhantemente iluminado por um fogo alto, e em torno da lareira toda a criadagem, homens e mulheres, amontoava-se como rebanho de ovelhas. Vendo o sr. Utterson, uma das camareiras estalou num soluço histérico e o cozinheiro exclamou, adiantando-se num movimento impetuoso, como se fosse tomá-lo em seus braços:

— Graças a Deus! É o sr. Utterson!

— Que é isso? Que é isso? Que estão vocês todos fazendo aqui? — disse o advogado, impaciente. — Isso me parece bastante fora de propósito e o patrão não iria gostar...

— Eles todos estão com medo — falou Poole.

Silêncio vago reinou sem que ninguém protestasse, tendo apenas a camareira começado a chorar em voz alta.

— Segure essa língua! — falou-lhe Poole, com uma ferocidade de expressão que mostrava bem o quanto seus próprios nervos estavam embaraçados. Realmente, quando a moça erguera subitamente o tom de suas lamentações, todos tiveram um sobressalto e se voltaram para as portas internas, em temerosa expectativa.

— E agora, senhor — disse o mordomo —, venha, tão silenciosamente quanto lhe for possível. Quero que ouça, mas não quero que seja ouvido. Peço-lhe, senhor, se por acaso ele disser para entrar, que não o atenda.

Os nervos do sr. Utterson, diante daquela última e inesperada frase, sofreram um repuxão que quase lhe fez perder o equilíbrio. Reuniu, porém, toda a coragem e seguiu o mordomo até o prédio do laboratório e, através do anfiteatro cirúrgico, com seus engradados e garrafas, até o fundo da escada. Ali, Poole lhe fez sinal para que ficasse de lado e aguçasse ou ouvidos, enquanto ele próprio, pousando a vela e fazendo claramente um grande apelo a toda a sua resolução, subia os degraus e batia com mão incerta sobre o pano vermelho da porta do gabinete.

— O sr. Utterson pede para vê-lo, senhor — disse ele, e, enquanto falava, mais uma vez fazia violentos sinais ao advogado para que ouvisse cuidadosamente.

Uma voz respondeu lá de dentro, em tom queixoso:

— Diga-lhe que não posso ver ninguém.

— Obrigado, senhor — disse Poole, com algo em sua voz que sugeria triunfo. Apanhando a vela, conduziu o sr. Utterson de volta através do pátio e para dentro da grande cozinha, onde o fogo estava apagado e os besouros saltavam no chão.

— Senhor — disse ele, olhando o sr. Utterson nos olhos —, aquela era a voz do meu patrão?

— Parece muito alterada — respondeu o advogado, muito pálido, mas sustentando o olhar do outro.

— Alterada? Bem, sim, acho que sim — disse o mordomo. — Por acaso vivi vinte anos na casa deste homem para me enganar a respeito de sua voz? Não, senhor... Acabaram com meu patrão, acabaram com ele, há oito dias, quando o ouvi gritar pelo nome de Deus. E *quem* está ali, no lugar dele, e por que é o que brado aos céus, sr. Utterson!

— É uma história muito estranha, Poole, uma história bastante despropositada, meu homem — disse o sr. Utterson, mordendo o dedo. — Imaginemos que o caso seja tal como você supõe, imaginemos que o Dr. Jekyll tenha sido... bem... assassinado, o que poderia levar o assassino a ficar aqui? É uma coisa evidente, uma coisa que nem se pode conceber.

— Bem, sr. Utterson, o senhor é homem difícil de se convencer, mas eu ainda conseguirei isso — falou Poole. — Durante a última semana (o senhor deve saber) o patrão, ou o outro, ou seja quem for que vive naquele gabinete, esteve bradando dia e noite por um remédio que não podia obter como desejava. Era costume dele — do patrão, é o que quero dizer — escrever suas ordens numa folha de papel e atirá-la na escada. Na última semana só tivemos dessas ordens: papéis, apenas, e uma porta fechada, as próprias refeições colocadas do lado de fora para serem furtivamente levadas para dentro quando não havia ninguém observando. Bem, senhor, todos os dias, e duas ou três vezes por dia, havia ordens e queixas, e fui mandado a correr por todos os atacadistas de produtos químicos da cidade. A cada vez que eu trazia o tal remédio, havia outro papel dizendo que o devolvesse, porque não era puro, e uma nova ordem para uma firma diferente. Aquela droga está sendo terrivelmente necessária, senhor, sirva ela para o que for.

— Você tem algum desses papéis? — perguntou o sr. Utterson.

Poole procurou nos bolsos e entregou uma nota amarrotada, que o advogado, inclinando-se para junto da vela, examinou cuidadosamente. Dizia assim: "O Dr. Jekyll apresenta seus cumprimentos aos Srs. Maw e garante-lhes que a sua última amostra não era pura, o que a tornava inútil para o caso presente. No ano de 18... o Dr. J. comprou dos Srs. M. grande quantidade desse produto e pede agora que procurem com a mais meticulosa atenção para ver se encontram qualquer quantidade da mesma, que devem imediatamente enviar-lhe. Não entra em consideração o preço. A importância do assunto, para o Dr. Jekyll, não poderia ser maior". Até essa altura o bilhete obedecia a uma compostura bastante boa, mas ali havia um súbito raspar da pena e o estalar da emoção de quem escrevia: "Pelo amor de Deus, arranjem-me um pouco do antigo produto".

— Eis um bilhete estranho — disse o sr. Utterson. E depois, asperamente: — Como aconteceu que você o tenha aberto?

— O homem na firma dos Maw ficou muitíssimo zangado, senhor, e atirou-o para mim como se fosse lixo — respondeu Poole.

— Isso foi certamente escrito pelo doutor. É a caligrafia dele, não é? — indagou o advogado.

— Achei parecida, sim — disse o criado, sombriamente. E então, com outra voz: — Mas que importa a caligrafia? Eu o vi!

— Viu-o? — repetiu o sr. Utterson. — E então?

— Aí é que está! — disse Poole. — Foi assim. Entrei de repente no aposento, pelo jardim. Ao que parece, ele tinha deslizado para fora a fim de procurar a droga ou seja o que for, pois a porta do gabinete estava aberta e ele se encontrava na outra extremidade do anfiteatro, remexendo entre os engradados. Levantou os olhos quando eu entrei, deu uma espécie de grito e saiu voando pelas escadas acima, para o gabinete. Foi por um instante apenas que eu o vi, mas o suficiente para meu cabelo espetar como se eu fosse um porco-espinho. Senhor, se aquele homem era o meu patrão, por que trazia máscara sobre o rosto? Se era meu patrão, por que gritou como um rato e fugiu de mim? Eu o servi durante tanto tempo... E então...

O homem calou, passando a mão sobre o rosto.

— São bem estranhas todas essas circunstâncias — disse o sr. Utterson —, mas penso que começo a ver alguma luz. Seu patrão, Poole, foi tomado, está bem claro, de uma dessas moléstias que torturam e deformam quem as sofre. Daí, tanto quanto posso supor, a alteração da sua voz. Daí a máscara, a fuga dos seus amigos. Daí o desespero para encontrar a droga, por meio da qual aquela pobre alma ainda mantém a esperança de conseguir cura, e Deus permita que ela se realize! Essa é a minha explicação. Bastante triste, Poole, ai de nós, e dolorosa de considerar, mas clara e natural, reunindo todos os indícios e livrando-nos de alarmas exorbitantes.

— Senhor — disse o mordomo, empalidecendo —, aquela coisa não era meu patrão, essa é a verdade. Meu patrão...

Nessa altura olhou em torno de si e começou a falar sussurrado:

– ... é homem alto, bem apessoado, e aquele pouco mais parecia do que um anão.

Utterson tentou protestar.

— Oh, senhor! — exclamou Poole. — Pensa que não conheço meu padrão, depois de vinte anos? Acha que não sei até que altura chega a cabeça dele junto da porta do gabinete, quando ali o vi todas as manhãs da minha vida? Não, senhor, aquela coisa mascarada jamais foi o Dr. Jekyll. Só Deus sabe quem é, mas jamais foi o Dr. Jekyll. E, no fundo do coração, eu acredito que houve um assassinato.

— Poole — falou o sr. Utterson —, se você diz isso, é meu dever verificar o caso. Por muito que deseje poupar os sentimentos de seu patrão, por muito que me intrigue este bilhete que parece provar estar ele ainda vivo, considero meu dever arrombar aquela porta.

— Ah! Sr. Utterson, assim é que se fala! — exclamou o mordomo.

— E agora vem a segunda questão — continuou Utterson. — Quem irá fazer isso?

— Ora, o senhor e eu — foi a resposta destemida.

— Muito bem dito — falou o advogado —, e aconteça o que acontecer, tratarei de que você nada sofra com isso.

— Há um machado no anfiteatro — disse Poole — e o senhor poderia usar o atiçador da cozinha.

O advogado apanhou aquele instrumento, rude e pesado, e balançou-o na mão.

— Sabe, Poole, que nos vamos colocar diante de certo perigo?

— É muito possível, senhor — respondeu o mordomo.

— Está certo, então, que sejamos francos — falou o outro. — Ambos pensamos deste caso mais do que dissemos: ponhamos as cartas na mesa. A figura mascarada que você viu, reconheceu-a?

— Bem, senhor, passou-se tudo tão rapidamente e a criatura dobrou-se de tal maneira sobre si mesma que eu não poderia jurar que a reconheci — foi a resposta. — Mas se o que o senhor deseja saber é se se tratava do sr. Hyde, sim, penso que sim! Era mais ou menos da mesma altura e tinha a mesma maneira rápida e leve. E quem mais poderia entrar no laboratório pela porta? O senhor não se esqueceu, não é mesmo, de que quando houve o assassinato ele ainda possuía a chave? Mas isso não é tudo. Não sei, sr. Utterson, se alguma vez viu o sr. Hyde?

— Sim — disse o advogado. — Falei com ele uma vez.

— Então o senhor deve saber, como todos nós sabemos, que havia algo de bizarro naquele cavalheiro, algo que causava arrepios a qualquer homem, que... não sei dizer direito o que seria, senhor, além disto: podia-se sentir na própria medula algo de frio e fino.

— Confesso que senti algo semelhante ao que você acaba de descrever — confirmou o sr. Utterson.

— Era assim, senhor — continuou Poole. — Bem, quando aquela coisa mascarada saltou de entre os produtos químicos e correu para dentro do gabinete, aquilo correu pela minha espinha, como gelo. Oh, sei bem que isso nada prova, sr. Utterson, estudei bastante para chegar até ali, mas um homem tem seus sentimentos, e eu lhe dou minha palavra, sobre a Bíblia, que se tratava do sr. Hyde!

— Ai de nós! — disse o advogado. — Meus receios inclinam-se para a mesma suspeita. Daquele envolvimento, eu sempre senti, só podia vir o mal. Realmente, acredito no que me diz, acredito que o pobre Henry foi morto, e acredito que seu assassino está ainda emboscado no quarto da vítima. Com que objetivo, só Deus sabe, mas de qualquer forma, nós seremos os vingadores. Chame Bradshaw.

O criado, muito branco e nervoso, atendeu o chamado.

— Contenha-se, Bradshaw — disse o advogado. — Essa expectativa toda, eu sei, está fazendo mal a vocês, mas agora temos a intenção de terminar com ela. Poole e eu vamos forçar a entrada do gabinete. Se tudo estiver bem, tenho costas largas o bastante para assumir toda a responsabilidade. Entretanto, caso algo não corra realmente bem, ou caso qualquer malfeitor queira escapar pelos fundos, você e o menino de recados devem ficar na esquina armados com bons pedaços de pau e vigiar a entrada do laboratório. Damos dez minutos a vocês para se postarem lá.

Quando Bradshaw saiu, o advogado olhou para seu relógio.

— E agora, Poole, vamos para o nosso posto — disse ele.

Agarrou o atiçador, que colocou sob o braço, e dirigiu-se para o pátio. As nuvens tocadas pelo vento se haviam acumulado agora sobre a lua, e a noite mostrava-se muito escura. O vento, que só entrava em rajadas e correntes naquele poço profundo da construção, fazia oscilar a chama da vela, projetando sombras em todas as direções, até que chegassem ao abrigo do anfiteatro, onde sentaram-se em silêncio, para esperar. Londres rumorejava solenemente à volta toda, mas, bem próximo, o silêncio era cortado apenas pelos sons de passos que media de cá para lá o assoalho do gabinete.

— Assim caminha ele o dia inteiro, senhor — murmurou Poole —, e grande parte da noite. Apenas quando nova amostra da droga chega do químico é que ele para. Só a consciência pesada pode ser tão inimiga do repouso! Ah, senhor, em cada passo a gente sente que há sangue derramado com perversidade! Mas preste bastante atenção, sr. Utterson... escute com o coração e diga-me: esse é o passo do doutor?

Os passos soavam leves e estranhos, com certo balanço, embora fossem tão lentos, de fato, diferentes do passo pesado com que Henry Jekyll fazia estalar o piso. Utterson suspirou:

— É assim sempre? — perguntou.

Poole confirmou com a cabeça:

— Uma vez... — disse ele —, uma vez eu o ouvi chorar!

— Chorar? Mas, como? — disse o advogado, tomado por um súbito arrepio de horror.

— Chorar como uma garotinha. Ou como uma alma penada — disse o mordomo. — Saí daqui com peso no coração, de tal forma que poderia ter chorado também.

Agora os dez minutos se haviam passado. Poole tirou o machado de sob um monte de palha de embalagem, a vela foi colocada sobre a mesa mais próxima, de forma a iluminar-lhes o ataque, e eles se aproximaram, retendo o fôlego, do lugar onde aqueles pés pacientes ainda se moviam de cá para lá, de cá para lá, na quietude da noite.

— Jekyll! — exclamou Utterson, em voz alta. — Exijo vê-lo imediatamente!

Esperou um momento, mas não veio resposta.

— Eu estou lhe dando um aviso leal: temos suspeitas, e não só devo como irei vê-lo — continuou ele —, se não por meios corretos, então por métodos condenáveis. Ou com seu consentimento ou pela força bruta!

— Utterson — disse uma voz —, pelo amor de Deus, tenha piedade!

— Ah! Esta não é a voz do Dr. Jekyll, é a voz de Hyde! — exclamou Utterson. — Ponhamos a porta abaixo, Poole!

Poole manejou o machado, balançando-o por cima de seu ombro: a pancada sacudiu a casa e a porta coberta de pano vermelho sacudiu-se contra dobradiças e fechaduras. Um guincho de desespero, como que de puro terror animal, veio do gabinete. O machado tornou a erguer-se e de novo os painéis estalaram e o batente saltou. Quatro vezes repetiu-se o golpe, mas a madeira era resistente e os fechos de excelente trabalho, e só ao quinto é que o ferrolho estourou, cedendo. Pedaços da porta tombaram para dentro, sobre o tapete.

Os invasores, apavorados com o tumulto que eles próprios haviam causado e com o silêncio que a ele se sucedera, recuaram um pouco e olharam para dentro. Ali no gabinete, diante de seus olhos, sob a luz quieta da lâmpada, um belo fogo ardia e estalava na lareira, a chaleira cantava sua delgada pressão, uma gaveta ou duas mostravam-se abertas, papéis arranjados corretamente sobre a mesa de trabalho, coisas preparadas para o chá: o aposento mais tranquilo, era o que se diria, e, a não ser pelos armários de vidro cheios de produtos químicos, o que de mais comum se poderia encontrar em Londres naquela noite.

Bem no centro jazia o corpo de um homem, horrivelmente contorcido e ainda trêmulo. Aproximaram-se os dois na ponta dos pés, viraram-no de costas e viram o rosto de Edward Hyde. Estava vestido com roupas grandes demais para ele, roupas que ideais para o tamanho do médico. Os músculos de seu rosto ainda se moviam, mas a vida já se havia ido. Pelo frasco quebrado que tinha na mão e pelo cheiro forte de amêndoas que se suspendia no ar, Utterson entendeu que contemplava o corpo de um suicida.

— Chegamos tarde demais — disse ele, severamente — para salvar ou castigar. Hyde se foi, voluntariamente, e só nos resta encontrar o corpo de seu patrão.

A maior parte do edifício era ocupada pelo anfiteatro, que tomava quase todo o pavimento térreo e recebia luz de cima, e pelo gabinete, que formava o andar superior a um lado, dando para o pátio. Um corredor levava do anfiteatro até uma porta na rua lateral e, através de um segundo lance de escadas, o gabinete comunicava-se separadamente com a rua. Além disso, havia alguns armários escuros e uma adega espaçosa. Tudo aquilo foi cuidadosamente examinado. Para cada armário bastava uma vista de olhos, pois todos estavam vazios, e todos, pela poeira que lhes recobria as portas, mostravam longo período de desuso. A adega estava realmente repleta de madeiras desemparelhadas, a maior parte ainda do tempo do cirurgião que fora o predecessor de Jekyll ali, mas o simples fato de abrir-lhe a porta mostrou aos dois homens que seria inútil qualquer pesquisa mais, já que dali caía a mais perfeita cortina de teias de aranha, reunida durante anos, a ponto de vedar a entrada. Em parte alguma havia vestígios de Henry Jekyll, vivo ou morto.

Poole batia com os pés sobre as lajes do corredor.

— Ele deve estar enterrado aqui — dizia, prestando atenção ao som produzido.

— Ou pode ter fugido — disse Utterson, voltando-se para examinar a porta que dava para a rua lateral. Estava fechada, e junto das lajes, no chão, encontraram a chave, que a ferrugem começava a cobrir.

— Isto não parece ter sido usado — observou o advogado.

— Usado! — repetiu Poole. — Não vê, senhor, que está quebrada? Tal como se um homem houvesse pisado sobre ela.

— Sim — continuou Utterson —, e também nos lugares em que se quebrou começa a haver ferrugem.

Os dois homens olharam um para o outro, assustados.

— Isso ultrapassa o meu entendimento, Poole — falou o advogado. — Voltemos ao gabinete.

Subiram a escada em silêncio e, ainda lançando de vez em quando uma olhadela de respeitoso temor para o corpo morto, examinaram com maior atenção o que havia no gabinete. Numa das mesas encontraram vestígios de experiência química, vários montes de um sal branco medido em pires de vidro, como uma experiência que o infeliz não chegara a fazer.

— Essa é a mesma droga que eu lhe estava sempre trazendo — disse Poole e, enquanto ele falava, a chaleira, com um ruído que causou sobressalto, desatou a ferver.

Aquilo levou-os para junto da lareira, onde a poltrona fora instalada confortavelmente, com os preparativos para o chá bem junto de quem nela se sentasse, o açúcar já na xícara. Havia muitos livros nas prateleiras e um deles estava aberto junto dos preparativos para o chá, ficando Utterson estupefato ao ver que se tratava de uma obra de teologia, pela qual várias vezes Jekyll expressara grande estima, e onde estavam escritas, com a própria caligrafia dele, tremendas blasfêmias.

Depois, enquanto fazia a ronda do aposento, os dois homens chegaram ao espelho movediço, para cujas profundidades olharam com involuntário horror. Mas ele estava voltado de forma que nada lhes mostrava a não ser o fulgor rosado a tremeluzir no forro, o fogo cintilando em centenas de repetições sobre as portas de vidro dos armários, e suas próprias e pálidas fisionomias debruçadas sobre ele.

— Este espelho viu coisas estranhas, senhor — cochichou Poole.

— E, certamente, nenhuma tão estranha quanto ele próprio — falou o advogado, no mesmo tom. — Pois para que Jekyll... — e teve um sobressalto ao pronunciar a palavra, mas depressa venceu aquela fraqueza e continuou: — para que Jekyll o quereria?

— O senhor tem razão! — disse Poole.

Depois foram para a mesa de trabalho. Sobre a escrivaninha, entre uma ordenada pilha de papéis, um grande envelope chamava a atenção, endereçado com a letra do médico, para o sr. Utterson. O advogado rompeu o lacre e, de dentro, outros envelopes menores caíram ao chão. O primeiro era um testamento, escrito nos mesmos excêntricos termos daquele que o advogado devolvera seis meses antes, para servir de testamento em caso de morte e de ato de doação em caso de desaparecimento. Mas, em lugar do nome de Edward Hyde, o advogado, com indescritível estupefação, leu o nome de Gabriel John Utterson. Olhou para Poole, depois de novo para o papel, e finalmente para o malfeitor morto, que ali estava estendido no tapete.

— Minha cabeça está girando — falou. — Todos esses dias este homem foi senhor aqui, não tinha razão alguma para gostar de mim, devia estar furioso por se ver posto de lado, entretanto não destruiu este documento.

Apanhou o outro papel que era um recado breve do doutor, datado na parte de cima.

— Oh, Poole! — gritou o advogado. — Ele esteve hoje aqui, vivo. Não pode ter sido afastado em tão curto espaço de tempo. Deve estar ainda vivo, deve ter fugido! E, se fez isso, por que o fez? E como? Nesse caso, poderemos nos arriscar a declarar que isso foi suicídio? Oh! Precisamos ter cuidado. Prevejo que ainda podemos envolver o seu patrão em alguma terrível catástrofe.

— Por que não lê esse bilhete, senhor? — perguntou Poole.

— Porque receio — replicou solenemente o advogado. — E Deus sabe que não tenho motivo para isso!

Assim dizendo, aproximou o papel dos olhos e leu o que se segue:

"*Meu caro Utterson,*

"*Quando isto cair em suas mãos, eu devo ter desaparecido. Sob que circunstância não estou em condições de prever, mas meu instinto e minha inominável situação dizem-me que o fim é certo e deve chegar depressa. Então leia primeiro a narrativa que Lanyon me disse ter depositado em suas mãos e, se quiser saber mais, volte-se para a confissão de seu indigno e infeliz amigo,*

Henry Jekyll"

— Havia mais um envelope? — perguntou Utterson.

— Aqui está, senhor — disse Poole, colocando-lhe nas mãos um pacote grande selado em vários lugares.

O advogado pôs o pacote no bolso.

— Nada direi sobre este papel. Se o seu patrão fugiu ou está morto, podemos, pelo menos, salvar-lhe a reputação. Agora são dez horas e preciso ir para minha casa para poder ler estes documentos com tranquilidade. Mas voltarei antes da meia-noite, e então mandaremos chamar a polícia.

Saíram ambos, fechando a porta do anfiteatro, e Utterson, deixando mais uma vez os criados reunidos em torno da lareira do vestíbulo, voltou ao seu escritório a fim de ler as duas narrativas que deviam agora explicar aquele mistério.

A NARRATIVA DO DR. LANYON

No dia 9 de janeiro, faz hoje quatro dias, recebi à noitinha um envelope registrado, com o subscrito feito por meu colega e velho companheiro de escola, Henry Jekyll. Fiquei muitíssimo surpreso com aquilo, pois não tínhamos, absolutamente, o hábito de nos corresponder. Eu, de fato, havia jantado com ele, na noite da véspera, mas nada podia recordar da nossa conversação que justificasse a formalidade de uma carta registrada. O conteúdo aumentou meu espanto, pois assim dizia:

“10 de setembro de 18...

“Caro Lanyon,

“Você é um dos meus mais velhos amigos e, embora possamos ter discordado de vez em quando por questões científicas, não posso recordar, pelo menos de minha parte, que houvesse qualquer interrupção em nosso mútuo afeto. Nunca houve um dia em que, se você me dissesse: ‘Jekyll, minha vida, minha honra, minha razão, dependem de você’, eu não teria sacrificado minha mão esquerda para ajudá-lo. Lanyon, minha vida, minha honra, minha razão estão todas a sua mercê. Se você me falhar esta noite, estou perdido. Poderá supor, por meio desse discurso, que lhe vou solicitar algo desonroso. Julgue você mesmo.

“Desejo que adie qualquer compromisso que tenha para esta noite, mesmo que se trate de um chamado para a cabeceira de um imperador. Que tome um táxi, a não ser que o seu carro esteja à sua porta, e que, com esta carta na mão, para poder referir-se a ela, vá diretamente à minha casa. Poole, meu mordomo, tem suas ordens, e você o encontrará à sua espera, com um serralheiro. A porta do meu gabinete deve, então, ser forçada, e você nele entrará sozinho. Abrirá o armário de vidro (letra E), à esquerda, partindo a fechadura se necessário, e retirará dele, com todo o seu conteúdo, tal como está, *a quarta gaveta de baixo para cima, ou (o que vem a dar na mesma) a terceira de cima para baixo. Na extrema angústia mental em que me encontro, tenho um medo mórbido de lhe dar informações inexatas, mas mesmo que eu esteja errado você reconhecerá a gaveta certa pelo seu conteúdo: alguns pós, um frasco e um caderno. Peço-lhe que leve a gaveta para a sua casa da praça Cavendish, tal como se encontra.*

“Esta é a primeira parte da missão. Vamos à segunda. Você deverá estar de volta, se sair logo depois que receber esta carta, bem antes da meia-noite, mas eu lhe darei essa margem, não só temendo obstáculos que não podem ser evitados nem previstos, como porque uma hora em que seus criados já estiverem deitados será preferível para o que restará a fazer. À meia-noite, então, preciso pedir-lhe que esteja sozinho em seu consultório, para receber pessoalmente em sua casa um homem que se apresentará em meu nome e em cujas mãos você colocará a gaveta que trouxe de meu gabinete. Então, você terá feito sua parte e ganhado a minha gratidão por completo. Cinco minutos depois, se insistir em explicações, terá compreendido que tais recomendações são de capital importância e que negligenciar uma delas, por mais fantasiosa que pareça, será sobrecarregar sua consciência com a minha morte ou com a ruína da minha razão.

"Estou confiante de que não fará pouco caso deste apelo, entretanto, meu coração se perturba e minha mão treme ao simples pensamento de tal possibilidade. Pense em mim nesta hora, em lugar estranho, mantido sob as trevas de uma angústia que imaginação alguma poderia exagerar, e inteiramente consciente de que, se você me servir pontualmente, meus transtornos se afastarão, como uma história que já foi contada. Ajude-me, meu caro Lanyon, e salve

"seu amigo
"H. J.

"P. S. Eu já tinha selado o envelope quando um novo terror feriu-me a alma. É possível que o correio falhe e que esta carta não chegue às suas mãos a não ser amanhã pela manhã. Nesse caso, meu caro Lanyon, faça o que lhe peço quando lhe for mais conveniente, no curso do dia, e mais uma vez espere meu mensageiro à meia-noite. Poderá ser tarde demais, contudo, e, se a noite passar sem que ninguém o procure, pode estar certo de que nunca mais tornará a ver Henry Jekyll."

Depois de ler aquela carta tive a certeza de que meu colega havia endoidecido, mas até que tal coisa ficasse provada para além de qualquer possibilidade de dúvida, achei-me na obrigação de fazer o que ele pedia. Quanto menos entendia aquela confusão, menos ficava em condições de julgar sua importância. Um apelo assim formulado não podia ser posto de lado sem grave responsabilidade. Portanto, levantei-me da mesa, meti-me num táxi, e dirigi-me diretamente para a casa de Jekyll. O mordomo estava esperando a minha chegada. Recebera, pelo mesmo correio, uma carta registrada com instruções e mandara imediatamente chamar um serralheiro e um carpinteiro. Os operários chegaram enquanto estávamos conversando, e lá fomos todos nós para o anfiteatro cirúrgico do velho Dr. Denman, pelo qual se entra com mais facilidade (como você sem dúvida já observou) para o gabinete particular de Jekyll. A porta era muito forte, a fechadura excelente e o carpinteiro declarou que ia ter muito trabalho e causar muitos prejuízos se tivesse de apelar para a força. O serralheiro estava quase desesperado. Finalmente, este último, homem habilidoso, depois de duas horas de trabalho, conseguiu abrir a porta. O armário marcado com a letra "E" não estava trancado, e eu retirei a gaveta, que fiz encher de palha e envolver num pano, voltando com ela para a praça Cavendish.

Ali, comecei a examinar o conteúdo. Os pós estavam bem misturados, mas não com o acabamento que lhes dá um químico profissional, portanto ficava claro que se tratava de manufatura particular de Jekyll. Quando abri um dos envólucros achei o que para mim pareceu apenas um simples sal cristalino, de cor branca. O frasco, para o qual voltei a seguir a minha atenção, estava preenchido até a metade com uma espécie de licor vermelho-sangue, muito pungente ao olfato, e que me pareceu conter fósforo, além de algum éter volátil. Nada pude descobrir quanto aos demais ingredientes. O livro era um caderno comum de anotações e nada continha a não ser uma série de datas. Referiam-se a um período de muitos anos, mas observei que as anotações haviam cessado há quase um ano, e de súbito. Aqui e ali, um comentário breve reunia-se à data, quase sempre nada mais do que uma palavra, apenas: "duplo", o que acontecia talvez umas seis vezes num total de várias centenas de anotações. Logo no início da lista, e seguido por vários pontos de exclamação, encontrei "Malogro total!!!!!!" Tudo aquilo, embora aguçasse minha curiosidade, pouco me dizia de definitivo. Ali estavam um frasco com certa tintura, um papel com um pouco de sal e o registro de uma série de experiências que não tinham levado (tal como tantas outras investigações de Jekyll) a qualquer fim prático ou útil. Como podia a presença daqueles artigos em minha casa afetar a honra, a sanidade mental ou a vida de meu versátil colega? Se aquele seu mensageiro podia ir a um lugar, porque não podia ir a outro? E, mesmo que se admitisse determinado impedimento, por que deveria tal cavalheiro ser recebido em segredo por mim? Quanto mais eu refletia, mais convencido me tornava de que estava tratando com um caso de doença mental. E, embora mandasse que os criados se recolhessem, carreguei um velho revólver, pois poderia ver-me obrigado a recorrer à defesa pessoal.

Mal havia soado meia-noite sobre Londres quando a tranca bateu bem delicadamente contra a porta. Fui atender pessoalmente e encontrei um homem muito pequenino, encolhido contra as colunas do pórtico.

— O senhor veio da parte do Dr. Jekyll? — perguntei-lhe.

Disse-me "sim", com um gesto constrangido, e quando lhe pedi que entrasse, não obedeceu imediatamente, mas lançou um olhar para trás, escrutando a escuridão da praça. Havia um policial não muito distante, caminhando com sua lanterna aberta, e tive a impressão de que meu visitante apressou-se mais ao vê-lo.

Confesso que tudo aquilo me impressionou desagradavelmente e, seguindo-o para o consultório bem iluminado, mantive a mão sobre a minha arma. Ali, pelo menos, tive a oportunidade de ver claramente o homem. Jamais o vira antes, disso eu tinha certeza. Era pequeno, como já contei, e fiquei abalado, além disso, pela expressão angustiada de seu rosto, pela sua notável combinação de grande atividade muscular e aparente debilidade de constituição, e – último, mas não o último – pela estranha perturbação subjetiva que sua proximidade causava. Tal impressão caracterizava-se por um calafrio incipiente, e notável diminuição do pulso. No momento levei aquilo à conta de alguma idiossincrasia, desagrado pessoal, e apenas fiquei admirado com a vivacidade dos sintomas. Depois, porém, pude verificar que a causa tinha raízes muito mais profundas na natureza do homem e vinha de um ponto muito mais nobre do que do princípio de antipatia.

Aquela pessoa (que assim, desde o primeiro momento, despertava em mim algo que só posso descrever como repulsiva curiosidade) estava vestida de uma forma que teria feito risível qualquer pessoa comum. Suas roupas, embora nobres e de fino acabamento, mostravam-se demasiado grandes para seu corpo, em todos os sentidos — as calças pendurado-se em suas pernas e enroladas para não arrastarem no chão, a cintura do paletó abaixo dos quadris, a gola espalhando-se amplamente por cima dos ombros. Embora pareça estranho dizer, aquela bizarra indumentária não me pareceu absolutamente feita para causar riso. Antes, como houvesse algo de anormal e disforme na própria essência da criatura que me encarava agora — algo de apreensor, de surpreendente e revoltante —, aquela nova disparidade parecia apenas combinar com esse algo e confirmá-lo. Assim, ao interesse que me despertaram a natureza e o caráter do homem, adicionou-se a curiosidade quanto à sua origem, sua vida, sua fortuna e situação neste mundo.

Aquelas observações, embora tomem grande espaço para serem registradas, realizaram-se em trabalho de alguns segundos. Meu visitante, realmente, estava ardendo de sombria excitação.

— Conseguiu? — exclamou ele. — Conseguiu?

E tão viva era a sua impaciência que chegou mesmo a colocar a mão sobre meu braço, tentando sacudir-me.

Fiz com que recuasse, consciente de que aquele toque fizera correr algo de gelado junto ao meu sangue.

— Vamos, senhor — disse-lhe. — Esquece-se de que não tenho o prazer de conhecê-lo. Sente-se, por favor.

E dei-lhe o exemplo, sentando-me no meu lugar do costume, imitando com bastante felicidade as maneiras que tomava para com os meus doentes, tanto quanto permitiam a hora tardia, a natureza das minhas preocupações e o horror que me causava o visitante.

— Peço-lhe desculpas, Dr. Lanyon — disse ele, com bastante cortesia. — O que o senhor disse está bem fundamentado e minha impaciência ultrapassou minha polidez. Vim aqui a pedido de um colega, o Dr. Henry Jekyll, por causa de um negócio momentâneo, e ele me disse...

Parou e levou a mão à garganta e pude ver, apesar de suas maneiras controladas, que estava lutando contra a aproximação de histeria.

— Ele me disse que uma gaveta...

Mas, à essa altura, tive compaixão da ansiedade do meu visitante. Talvez, também, minha curiosidade crescente influísse.

— Ela aqui está, senhor — disse eu, apontando para a gaveta, que estava no chão, atrás da mesa, ainda coberta com o pano.

O homem deu um salto para ela, depois parou e levou a mão ao coração. Eu podia ouvir seus dentes ranger com a ação convulsiva de seus maxilares e o rosto dele se tornou lívido de tal maneira que me senti alarmado tanto por sua vida como por sua razão.

— Contenha-se — disse-lhe.

Voltou-se ele para mim, com um sorriso pavoroso e, como que sob decisão ditada pelo desespero, arrancou o pano. Vendo o conteúdo, deixou escapar um soluço surdo de tão imenso alívio que eu fiquei petrificado em minha cadeira. Logo depois, a voz dele parecia bastante controlada.

— Tem um copo graduado? — pediu.

Levantei-me com algum esforço e dei-lhe o que me pedia.

Agradeceu-me com um aceno sorridente, mediu alguns miligramas da tintura vermelha e acrescentou outro tanto do pó. A mistura, que de início tinha uma tonalidade avermelhada, começou, à medida que os cristais se derretiam, a tornar-se de cor mais brilhante, a ferver audivelmente, lançando pequenas baforadas de vapor. De súbito, e no mesmo instante, a ebulição cessou e a mistura tomou um tom violeta carregado, que foi empalidecendo aos poucos até fazer-se de um verde aquoso. Meu visitante, que tinha observado aquelas modificações com olhos agudos, sorriu, colocou o copo sobre a mesa, depois voltou-se, olhou para mim com ar investigador.

— E agora — disse — expliquemos o que falta. O senhor será sensato? Deixará que o guiem? Permitirá que eu tome este copo e que saia de sua casa sem mais nada lhe dizer? Ou a avidez da curiosidade domina-o demais? Pense antes de responder, pois sua decisão será respeitada. Tal como decidir, ficará como estava antes, nem mais rico nem mais sábio, a não ser que a sensação de ter prestado serviço a um homem em angústia mortal seja contada como riqueza para a alma. Ou, se assim o preferir, nova província de saber e novas avenidas para a fama e o poder poderão abrir-se para o senhor, aqui, neste quarto, neste mesmo instante. E seus olhos serão crestados por um prodígio que sacudirá a descrença de Satanás.

— Senhor — disse eu, fingindo uma frieza que estava longe de sentir —, fala por enigmas e talvez não se admire se lhe disser que eu o escuto sem grande impressão de acreditá-lo. Mas já fui longe demais neste caminho de serviços inexplicáveis para deter-me sem ter chegado ao fim.

— Está bem — respondeu meu visitante. — Lanyon, lembre-se de seus votos: o que se segue fica sob o juramento de nossa profissão. E agora você, que por tanto tempo se prendeu à visão estreita e material, que negou a virtude da medicina transcendente, que escarneceu dos que lhe são superiores... preste atenção!

Levou o copo aos lábios e bebeu o conteúdo de um só trago. Um grito seguiu o gesto. Ele gritou sobre si mesmo, cambaleou, agarrou-se à mesa e ali ficou, olhando com olhos injetados, arquejando com a boca aberta e, enquanto eu olhava, sucedeu, pensei, uma transformação – ele parecia inchar; seu rosto tornou-se negro de repente e as feições como que se desmancharam, alterando-se –, e no momento seguinte eu saltei para trás, de encontro à parede, com o braço levantado para proteger meus olhos daquele fenômeno, com a mente submersa em terror.

— Oh, meu Deus! — exclamei. — Meu Deus!

Repeti esse grito muitas vezes, pois diante de meus olhos, pálido e trêmulo, quase a desmaiar, tateando o espaço diante de si com as mãos, como um homem ressurgido da morte, estava ninguém menos que Henry Jekyll!

O que ele me disse no momento que se seguiu não consigo pôr no papel. Vi o que vi, ouvi o que ouvi, e minha alma adoeceu com aquilo. E agora, que aquela visão se foi, pergunto a mim mesmo se acredito nela, incapaz de responder. Minha vida foi abalada em suas próprias raízes: perdi o sono e o mais pavoroso dos terrores acompanha-me em todas as horas do dia e da noite. Sinto que meus dias estão contados e que devo morrer, mas ainda assim morro incrédulo. Quanto à torpeza moral que aquele homem desvendou para mim, mesmo com lágrimas de penitência, não posso recordar sem sobressaltos de horror. Contarei apenas uma coisa, Utterson, e essa (se você puder obrigar sua mente a acreditar nela) será mais do que suficiente. A criatura que entrou furtivamente em minha casa naquela noite, era, segundo a própria confissão de Jekyll, conhecida pelo nome de Hyde e procurada por todos os cantos do país pelo assassinato de Carew.

Hastie Lanyon

DECLARAÇÕES COMPLETAS DO DR. JEKYLL SOBRE O CASO

Nasci no ano de 18..., com uma grande fortuna, dotado, além disso, de excelentes faculdades, inclinado por natureza ao trabalho, apreciando o respeito dos sensatos e dos bons entre os meus semelhantes, e assim, como pode ser verificado, com todas as garantias para vir a ter honroso e brilhante futuro. Realmente, o pior dos meus defeitos era certa impaciente jovialidade de disposição, como a que faz a felicidade de tantos, mas essa disposição eu achava difícil de conciliar com o desejo imperioso de manter a cabeça erguida e usar uma fisionomia das mais severas diante do público. Comecei a esconder meus prazeres, e quando chegou a idade da reflexão e pus-me a olhar em torno de mim e a avaliar meu progresso e posição no mundo, já estava comprometido por uma profunda duplicidade de vida. Muitos homens teriam mesmo se gabado das irregularidades de que me fazia culpado, mas dado o pedestal em que me colocara, eu olhava-as e escondia-as com sensação quase mórbida de vergonha. Assim, fora antes a natureza exigente das minhas aspirações, do que qualquer degradação particular em meus desfeitos, que fizera de mim o que eu era, e que, com uma trincheira maior do que na maioria dos homens, separo aqueles setores do bem e do mal que dividem e compõem a dupla natureza do indivíduo. Naquele caso eu era levado a refletir, profunda e habitualmente, na dura lei da vida, que está na raiz da religião e é uma das mais abundantes fontes de angústia. Embora fosse tão profundamente dúplice, não era de forma alguma, um hipócrita. Ambos os lados eram em mim inteiramente sérios. Eu não era menos eu mesmo quando punha de lado as restrições e mergulhava em vergonha, que quando trabalhava, à luz do dia, para adquirir mais conhecimentos ou aliviar o desgosto e o sofrimento. E aconteceu que a direção de meus estudos científicos, que levavam inteiramente ao místico e ao transcendental, reagiu, lançando forte luz sobre a consciência de uma guerra permanente entre os meus membros. A cada dia, e de ambos os lados da minha inteligência, a moral e a intelectual, fui, assim, me aproximando mais daquela verdade, por meio de cujo descobrimento parcial me vi condenado a tal naufrágio: que o homem não é verdadeiramente um, mas verdadeiramente dois. Disse dois, porque o estado de meu próprio conhecimento não vai além desse ponto. Outros virão, outros me ultrapassarão nas mesmas linhas, e arrisco a profecia de que o homem acabará por ser conhecido como simples centro de reunião de multifários, incongruentes e independentes estrangeiros. De minha parte, pela natureza de minha vida, avancei infalivelmente numa direção, apenas numa direção. Foi no lado moral e na minha própria pessoa que aprendi a conhecer a completa, a primitiva dualidade do homem. Vi que das duas naturezas que se combatiam no campo da minha consciência, mesmo que eu pudesse corretamente afirmar que eu era uma delas, isso seria apenas por eu ser radicalmente ambas, e desde muito cedo, mesmo antes que o curso de minhas descobertas científicas começasse a sugerir a mais despida possibilidade de tal milagre, eu aprendera a embalar com prazer, como devaneio querido, o pensamento de separação daqueles elementos. Se cada qual, eu dizia comigo mesmo, pudesse ser localizado em entidades separadas, a vida seria aliviada de tudo quanto é insuportável. O injusto poderia seguir seu roteiro, livre das aspirações e remorsos do seu gêmeo mais elevado, e o justo poderia caminhar com firmeza e segurança pelo seu caminho de subida, fazendo as coisas boas em que encontrava satisfação, já sem se expor à vergonha e à penitência pelas mãos daquela alheia depravação. Era uma maldição para a humanidade que aqueles incongruentes feixes fossem amarrados juntos assim – que no desesperado ventre da consciência aqueles gêmeos polares devessem continuamente lutar. Como, pois, seriam eles dissociados?

Eu estava nesta altura das minhas reflexões quando, conforme já disse, uma luz lateral começou a brilhar sobre o assunto, vinda da mesa do laboratório. Comecei a perceber com mais profundidade do que jamais tal coisa fora sequer declarada, a trêmula imaterialidade, a transitoriedade de névoa deste corpo aparentemente tão sólido e dentro do qual caminhamos vestidos. Encontrei certos agentes que tinham o poder de sacudir e repuxar aquela veste de carne, tanto quanto o vento pode sacudir as cortinas de um pavilhão. Por duas boas razões, não entrarei em profundidade nesse setor científico da minha confissão. Primeiro, porque fui forçado a aprender que o fado e a carga de nossa vida estão para sempre ligados aos ombros do homem, e, quando se tenta atirá-los fora, eles apenas voltam para nós com uma pressão menos habitual e mais terrífica. Segundo, porque, tal como a minha narrativa mostrará — ai de mim! — com bastante evidência, minhas descobertas foram incompletas. Foram o bastante, porém, não só para que eu reconhecesse meu próprio corpo pela simples aura de certos poderes que formavam meu espírito, como para que conseguisse compor uma droga pela qual aqueles poderes poderiam ser destronados de sua supremacia, e uma segunda forma e fisionomia apareceriam em substituição, não menos naturais para mim por serem a expressão e trazerem a marca dos elementos mais baixos de minha alma.

Hesitei por muito tempo antes de levar aquela teoria à prática. Sabia que me arriscava a morrer, pois qualquer droga que tão fortemente controla e sacode as verdadeiras fortalezas de identidade poderia, pelo menor descuido na dosagem ou pela mínima oportunidade do momento da ação, apagar por completo aquele tabernáculo imaterial que eu lhe pedia para modificar. Mas a tentação de uma descoberta de tal forma singular e profunda acabou por ultrapassar as sugestões do receio. Fazia muito tempo que eu havia preparado a minha fórmula: comprei, imediatamente, de uma firma atacadista de produtos químicos, grande quantidade de um sal especial, que eu sabia, dadas as minhas experiências, ser o último ingrediente necessário. E bem tarde, numa noite maldita, misturei os elementos, vi-os ferver e fumegar juntos no copo. Quando a ebulição cedeu, bebi a poção, num ímpeto de coragem.

As dores mais horrorosas se sucederam: ranger dos ossos, náuseas mortais e uma inquietação de espírito que não pode ser excedida nem no momento do nascimento ou da morte. Depois, aquelas agonias começaram a ceder rapidamente e eu voltei a mim, como que saído de uma doença grave. Havia algo de estranho em minhas sensações, algo de indescritivelmente novo e, justo por ser assim tão novo, indescritivelmente doce. Sentia-me mais jovem, mais feliz em meu corpo. Por dentro, estava consciente de capitosa euforia, de uma corrente de desordenadas imagens sensuais correndo em minha imaginação como canal que leva a água à roda de um moinho, de uma solução nos vínculos da obrigação, de uma desconhecida liberdade da alma, mas não inocente. Vi, desde o primeiro sopro daquela nova vida, que era mais maldoso, dez vezes mais maldoso, vendido como um escravo à minha perversidade original, e esse pensamento, naquele instante, estimulou-me e deleitou-se como vinho. Estendi as mãos, exultante com a frescura daquelas novas sensações, e, assim fazendo, fiquei instantaneamente consciente de que perdera altura.

Não havia espelho ali, naquela ocasião, esse que aqui está diante de mim enquanto escrevo foi trazido mais tarde, de propósito, para as transformações. A noite, entretanto, já ficara para trás e a manhã se anunciava – a manhã, que, embora ainda estivesse escura, mostrava-se quase madura para a concepção do dia. Os moradores da minha casa estavam fechados, tomados pela hora em que o sono é mais pesado, e eu resolvi, excitado como estava pela esperança e pelo triunfo, aventurarme a ir, sob aquele novo aspecto, até o meu quarto de dormir. Atravessei o pátio, de cujo recorte de céu as constelações me contemplavam cá embaixo, e eu chegava a pensar que se maravilhavam diante da primeira criatura daquela espécie que sua vigília insone jamais havia percebido. Passei furtivamente pelos corredores, um estranho em minha própria casa, e entrei no meu quarto. Vi, pela primeira vez, a aparência de Edward Hyde.

Aqui devo falar apenas teoricamente, dizendo não o que sei, porém o que considero mais provável. O lado mau da minha natureza, para o qual eu transferira agora a marcante eficácia, era menos robusto e menos desenvolvido do que ao lado bom que eu acabava de deixar de lado. No curso de minha vida, que fora, afinal, em noventa por cento, uma vida de esforços, de virtude, de controle, esse lado se exercitara menos e, portanto, estava menos exausto. Daí o fato de, acredito, Edward Hyde ter sido muito menor, mais leve e jovem do que Henry Jekyll. Assim como a bondade transparecia na fisionomia de um, a perversidade estava clara e amplamente escrita no rosto do outro. Além disso, o mal (que eu acredito ainda ser o lado letal do homem) deixara naquele corpo uma impressão de deformidade e deterioração. Ainda assim, ao olhar para aquele feio ídolo no espelho, não tive sensação alguma de repugnância, experimentei, antes, um ímpeto de dar-lhe as boas-vindas. Aquilo também era eu. Pareceu-me natural e humano. A meus olhos trazia uma imagem mais viva do espírito, parecia mais bem expresso e singular do que a imperfeita e dividida fisionomia a que até então eu tinha o hábito de chamar minha. E nesse ponto eu estava certo, sem dúvida. Observei que quando usava a pessoa de Edward Hyde, ninguém podia aproximar-se de mim sem visível apreensão física. Segundo penso, aquilo acontecia porque todos os seres humanos, quando os encontramos, são mescla de bem e mal. Nas fileiras da humanidade, apenas Edward Hyde era puro mal.

Demorei-me algum tempo diante do espelho; a segunda e conclusiva experiência ainda tinha de ser tentada. Ainda seria necessário saber se eu perdera irremediavelmente a minha identidade e precisaria fugir, antes que amanhecesse, de uma casa que já não seria minha. Voltando apressadamente ao meu gabinete, mais uma vez preparei e bebi a mistura, mais uma vez sofri as dores da dissolução, e voltei a mim com o tipo, a estatura e o rosto de Henry Jekyll.

Naquela noite eu alcançara a encruzilhada fatal. Se tivesse chegado àquela descoberta com espírito nobre, se tivesse me arriscado àquela experiência quando sob o império de generosas e piedosas aspirações, tudo teria sido diferente, e daquelas agonias de morte e nascimento eu teria saído como um anjo, não como um demônio. A droga não tinha ação discriminatória, não era diabólica nem divina, mas sacudia a porta do cárcere da minha disposição. E, como os escravos de Filipos, o que lá dentro estava correu para fora. Naquela altura, minha virtude adormeceu pesadamente, e minha maldade, mantida em vigília pela ambição, estava alerta e agarrou a oportunidade: assim, a coisa projetada foi Edward Hyde. Consequentemente, embora eu agora tivesse duas personalidades, bem como duas aparências, uma era inteiramente má, e a outra continuava a ser o velho Henry Jekyll, aquele composto incongruente de cuja reforma e melhoramento eu já tinha acabado por desesperar. O movimento fora, assim, inteiramente para o pior.

Mesmo naquela ocasião, eu não tinha ainda dominado minha aversão pela secura de uma vida de estudos. Ainda me sentia disposto ao prazer, de vez em quando, e como os meus prazeres (para dizer o

mínimo) eram indignos, e eu não só me sabia muito conhecido e altamente considerado, como estava me dirigindo para o grupo dos homens idosos, aquela incoerência da minha vida ia dia a dia fazendo-se mais desagradável. Foi por esse lado que meu novo poder tentou-me, até que eu tombasse em escravidão. Bastava-me beber a mistura para livrar-me imediatamente do corpo do famoso professor, e assumir, como um pesado sobretudo, o de Edward Hyde. Aquela ideia sorria-me e na ocasião parecia-me humorística. Fiz meus preparativos com o mais meticuloso cuidado. Aluguei e mobiliei uma casa no Soho, na qual Hyde foi procurado pela polícia, e contratei como governante uma criatura que eu sabia muito bem ser silenciosa e sem escrúpulos. Por outro lado, disse a meus criados que um sr. Hyde (que descrevi) devia ter plena liberdade e poder sobre minha casa da praça e, para evitar enganos, eu mesmo apareci e me tornei familiar sob meu segundo aspecto. Depois escrevi aquele testamento ao qual você fez tantas objeções, de forma que se qualquer coisa acontecesse comigo na pessoa de Jekyll, seria possível passar para a de Hyde sem perda pecuniária. Assim amparado, como supunha, de todos os lados, comecei a aproveitar as estranhas imunidades da minha posição.

Os homens sempre alugaram valentões para realizar os crimes que desejam, enquanto sua pessoa e reputação se conservam ao abrigo. Eu fui o primeiro que fez tal coisa por prazer. Eu fui o primeiro que podia labutar sob os olhos do público sob o peso de cordial respeitabilidade e, num momento, como um escolar, arrancar aquelas vestes de empréstimo e atirar-se de cabeça para o mar da liberdade. Para mim, entretanto, sob meu impenetrável manto, a segurança era completa. Pense nisso – eu nem sequer existia! Bastava-me entrar pela porta do meu laboratório e engolir a mistura que sempre estava pronta: fosse o que fosse que ele tivesse feito, Edward Hyde desaparecia como um sopro de brisa sobre um espelho. E ali, em seu firme e tranquilo lar, cortando o pavio da lâmpada que iluminava seus estudos noturnos, havia um homem que estava acima de qualquer suspeita, Henry Jekyll.

Os prazeres que me apressei a procurar quando em meu disfarce eram, como já disse, indignos, e não me seria possível usar termo menos duro. Mas, nas mãos de Edward Hyde, depressa eles começaram a voltar-se para o monstruoso. Quando eu voltava daquelas excursões, sentia-me várias vezes mergulhado numa espécie de estupefação diante das depravações do meu substituto. Aquele ser familiar que eu chamara de dentro de minha própria alma e lançara fora para que vivesse a seu bel-prazer, era de malignidade inerente e perversa. Todos os seus atos e pensamentos centralizavam-se nele. Bebia o prazer com bestial avidez, vindo tal prazer de qualquer grau de tortura aplicado a outrem. Era implacável como um homem de pedra. Às vezes, Henry Jekyll ficava horrorizado diante dos atos de Edward Hyde, mas a situação ficava fora das leis comuns e, insidiosamente, relaxava o apelo da consciência. Afinal, o culpado era Hyde, apenas Hyde. Assim, a consciência adormecida.

Não tenho desejo de entrar nos pormenores das infâmias que eu assim tolerei (pois mesmo agora mal posso admitir que as tenha cometido). Quero apenas apontar as advertências e os sucessivos passos com os quais se aproximava o meu castigo. Aconteceu-me um acidente que, não me tendo trazido consequências, apenas mencionarei. O ato de crueldade para com uma criança levantou contra mim a cólera de um transeunte, que reconheci, outro dia, na pessoa de seu parente. O médico e a família da criança a ele se reuniram e houve momentos em que temi pela minha vida. Finalmente, para acalmar seu justo ressentimento, Edward Hyde teve que trazê-los até a porta e dar-lhes um cheque assinado por Henry Jekyll. Mas aquele perigo foi facilmente eliminado quanto ao futuro, pela abertura de uma conta em outro banco, em nome do próprio Edward Hyde. E quando, mudando a inclinação da minha caligrafia, consegui uma assinatura para o meu duplo, pensei que me colocara para além do alcance do destino.

Uns dois meses antes do assassinato de Sir *Danvers, saíra eu para uma das minhas aventuras e voltara a altas horas da noite, e acordei, na manhã seguinte, deitado na cama com uma sensação estranha. Foi em vão que olhei em torno de mim. Em vão vi o mobiliário decente e as altas proporções do meu quarto da praça. Em vão reconheci o desenho das cortinas da cama e as linhas da cabeceira de mogno. Algo continuava insistindo que eu não estava onde estava, que não havia acordado onde deveria estar, mas no pequeno quarto do Soho, onde costumava dormir no corpo de Edward Hyde. Sorri comigo mesmo e, na minha maneira psicológica, comecei, ociosamente, a estudar os elementos daquela ilusão. De modo ocasional, enquanto pensava, recaí numa confortável sonolência matinal. Ainda pensava vagamente, quando, num dos momentos de quase despertar, meus olhos tombaram sobre minhas mãos. A mão de Henry Jekyll (como você várias vezes comentou) era de feitio e tamanho profissionais: grande, firme, clara e benfeita. Mas a mão que eu via agora, com bastante clareza, à luz amarelada na meia manhã londrina, entrefechada sobre as roupas da cama, era magra, nervosa, de falanges grossas, de lividez embaçada, espessamente coberta com pelos ásperos. Era a mão de Edward Hyde.*

Devo ter me detido a olhar durante meio minuto, mergulhado como fiquei em pura estupefação maravilhada, antes que o terror se erguesse em meu peito tão súbita e assustadoramente como um estrépito de címbalos. Saltando da cama, corri para o espelho. Diante do que meus olhos viram, senti que o sangue se transformava em algo estranhamente fluído e gelado, em minhas veias. Sim, eu me deitara como Henry Jekyll e acordara como Edward Hyde. Como se poderia explicar tal coisa? Foi o que me perguntei e então, com outro sobressalto de terror, pensei: como posso remediar isso? A manhã estava clara, os criados levantados. Todas as minhas drogas permaneciam no gabinete, um longo caminho descendo dois lances de escadas, passando através do corredor dos fundos, cruzando o pátio aberto e o anfiteatro anatômico, dali de onde eu estava, tomado de terror. Seria possível cobrir o rosto, mas que adiantaria isso, se não me seria possível esconder a alteração de minha estatura? E então, com dominadora e doce sensação de alívio, voltou-me à mente o fato de estarem os criados já habituados às idas e vindas de meu segundo eu. Vesti-me depressa, tanto quanto me foi possível, com roupas de meu próprio tamanho, passei através da casa, onde Bradshaw ficou olhando e recuou, ao ver o sr. Hyde àquela hora e com roupas tão estranhas. Dez minutos depois, o Dr. Jekyll voltava em seu próprio aspecto e sentava-se, de sobrancelhas carregadas, para fingir que tomava a sua primeira refeição.

Meu apetite era pequeno, de fato. Aquele caso inexplicável, aquela reversão da minha experiência anterior, parecia, como o dedo babilônico na parede, estar escrevendo as palavras do meu julgamento. Comecei a refletir de modo mais sério do que jamais o fizera sobre os resultados e possibilidades de minha dupla existência. Aquela parte de mim mesmo que eu tinha o poder de projetar havia sido, ultimamente, bastante exercitada e nutrida. Vinha me parecendo que o corpo de Edward Hyde crescera em estatura, bem como me acontecia, quando usava aquele corpo, sentir-me consciente de uma corrente de sangue mais generosa. Comecei a ver perigo no fato de aqueles sintomas crescerem. O equilíbrio da minha natureza poderia ser permanentemente destruído, o poder de voluntária modificação perdido, tornando-se meu o caráter de Edward Hyde de maneira irrevogável. O poder da droga nem sempre se mostrara igual. Uma vez, logo no início da minha experiência, ela falhara totalmente. Desde então, eu tinha sido obrigado, em mais de uma ocasião, a duplicar, e certa vez, com risco imenso de morte, a triplicar a quantidade. Até então, aquelas raras incertezas tinham sido as únicas sombras no meu contentamento. Agora, entretanto, e diante daquele acontecimento matinal, fui levado a observar que, enquanto a dificuldade, no início, fora desembaraçar-me do corpo de Jekyll, aquele corpo havia, nos últimos tempos, gradual, mas positivamente, se transferido para o outro lado. Consequentemente, tudo parecia indicar que estava aos poucos perdendo o império de meu original e melhor eu, e tornava-me pouco a pouco incorporado ao meu pior segundo eu.

Vi que teria de escolher entre os dois. Minhas duas naturezas tinham memória em comum, mas todas as outras faculdades eram partilhadas entre eles de forma bem desigual. Jekyll (que era composto) ora com a mais sensitiva apreensão, ora com ávido prazer, projetava e compartilhava dos prazeres e aventuras de Hyde, mas Hyde era indiferente quanto a Jekyll ou se recordava dele como o bandido das montanhas recorda a caverna na qual se esconde quando perseguido. Jekyll tinha em relação a Hyde mais do que um interesse paterno, e Hyde mostrava para com Jekyll apenas a indiferença de um filho. Voltar minha escolha para Jekyll seria morrer para aqueles apetites que havia muito eu procurava contentar secretamente e que nos últimos tempos nutria com excesso. Escolher Hyde seria morrer para milhares de interesses e aspirações e tornar-se, de um só golpe e para sempre, desprezível e sem amigos. Havia, porém, outra consideração nos pratos da balança, pois, enquanto Jekyll sofreria pungentemente no fogo da abstinência, Hyde nem sequer teria consciência do que perdia. Estranhas como eram as circunstâncias em que me encontrava, os termos daquele debate mostravam-se velhos e comuns como o homem: eram as mesmas influências e receios sentidos por qualquer pecador tentado e trêmulo, e aconteceu comigo, como acontece com a vasta maioria de meus semelhantes, que escolhi a melhor parte e verifiquei faltarem-me forças para mantê-la.

Sim, preferi o médico mais velho e descontente, cercado de amigos e embalando honestas esperanças. E fiz um resoluto adeus à liberdade, a uma juventude relativa, aos passos leves, aos fortes impulsos dos prazeres secretos, tudo quanto gozava sob o disfarce de Hyde. Fiz a escolha, talvez, com alguma inconsciente reserva, pois não deixei a casa do Soho, não destruí as roupas de Edward Hyde, que ainda estão à mão em meu gabinete. Durante dois meses levei vida de tal forma severa como jamais conseguia levar e gozei as compensações de uma consciência aprovadora. Mas o tempo começou, finalmente, a obliterar a força do meu receio, os louvores da consciência começaram a se fazer rotina, e eu me vi torturado por desejos e angústias, que eram Hyde a lutar pela sua liberdade. Por fim, num hora de fraqueza moral, mais uma vez misturei e engoli a droga transformadora.

Penso que o ébrio, ao monologar consigo mesmo a respeito de seu vício, não é sequer uma vez em quinhentas afetado pelos perigos que corre através de sua brutal insensibilidade física. Também eu, apesar de ter considerado longamente a minha posição, deixei bastante margem à completa insensibilidade moral e insensata precipitação para o mal que eram as principais características de Edward Hyde. Entretanto, essas características fizeram meu castigo. Meu demônio estivera preso durante muito tempo. Quando tomei a droga, tive consciência de uma propensão menos contida, mais furiosa, para o mal. Deve ter sido aquilo, penso, que moveu em minha alma a tempestade de impaciência com que ouvi as palavras corteses da minha infeliz vítima. Declaro, pelo menos, diante de Deus, que homem algum moralmente são poderia fazer-se culpado daquele crime sob tão patética motivação. E que agi num movimento tão despropositado como o da criança que quebra um brinquedo. Mas eu me havia despido voluntariamente daqueles instintos equilibradores através dos quais o pior dentre nós continua a caminhar com certo grau de firmeza entre as tentações. No meu caso, ser tentado, por muito levemente que o fosse, seria cair.

Instantaneamente, o espírito infernal acordou em mim e desencadeou-se. Com um transporte de júbilo, espanquei aquele corpo que não resistia, provando o deleite com cada golpe. Só quando o cansaço começou a substituir aquela sensação foi que, subitamente, no auge do meu delírio, senti o coração tomado por frio frêmito de terror. Uma névoa dispersou-se e vi que tinha arruinado minha vida. Fugi do cenário daqueles excessos, a um tempo glorificando-me e tremendo, minha avidez de perversidade contentada e estimulada, meu amor pela vida retorcido ao mais alto grau. Corri para a casa do Soho e (para me assegurar duplamente) destruí meus papéis. Daí, fui seguindo pelas ruas iluminadas, no mesmo êxtase de espírito divido, regozijando-me com o meu crime, pensando doidamente em outros, para o futuro, e ainda assim apressando-me a fazer caminho, os ouvidos aguçados para os passos do vingador. Hyde levava uma canção nos lábios enquanto misturava a droga e, ao bebê-la, brindou ao morto. As dores da transformação ainda não haviam cessado e já Henry Jekyll, o rosto inundado pelas lágrimas de gratidão e remorso, tombava de joelhos e erguia para Deus as mãos postas. O véu da autoindulgência foi rasgado de alto abaixo. Vi minha vida inteira: segui-a desde os dias da infância, quando caminhava de mãos dadas com meu pai, e através dos trabalhos da minha carreira profissional, que exigiam combate ao egoísmo. E cheguei, mais uma vez, com o mesmo senso de irrealidade, aos horrores e à danação daquela noite. Poderia ter desatado a gritar. Tentei, com lágrimas e preces, acalmar a ronda de pavorosas imagens e sons que enxameavam em minha memória, contra mim e, ainda assim, por trás das súplicas, a horrenda face da minha iniquidade contemplava-me, lá da minha alma. Quando o acúleo do remorso diminuiu sua pressão, a ele sucedeu-se uma sensação de alegria. O problema da minha conduta estava resolvido.

Dali por diante Hyde tornara-se impossível. Quisesse eu ou não, estava agora confinado à melhor parte da minha existência. E – oh! – como me regozijei com essa ideia! Com que humilde submissão abracei de novo as restrições de uma vida natural! Com que sincera renúncia fechei a porta pela qual tantas vezes entrara e saíra, quebrando a chave sob meu tacão!

No dia seguinte chegaram as notícias de que o assassino fora visto, de que a culpa de Hyde era patente para o mundo, de que a vítima era homem que gozava de alta estima do público. Não se tratava apenas de um crime, mas de uma loucura trágica. Penso que me alegrou saber aquilo. Penso que me alegrou ver meus melhores impulsos assim confinados e guardados pelo terror do patíbulo. Jekyll era agora meu refúgio. Que Hyde pusesse por um momento a cabeça para fora e as mãos dos homens se ergueriam para agarrá-lo e matá-lo.

Resolvi que minha conduta futura redimiria o passado, e posso dizer com honestidade que essa resolução deu alguns bons frutos. Você próprio sabe com que entusiasmo, nos últimos meses do ano passado, trabalhei para aliviar sofrimentos. Sabe quanto fiz por outros, e como os dias passaram tranquilamente, quase venturosamente, para mim. Não posso dizer, em verdade, que me tenha cansado daquela vida de inocência e benefício. Penso, antes, que a gozei, diária e completamente. Mas ainda sofria a maldição da minha dualidade de propósitos e, quando o gume da penitência se embotou, meu lado mais baixo, que durante tanto tempo eu nutrira demais, e tão recentemente encadeara, começou a rosnar desejoso de licença. Não que eu sonhasse em ressuscitar Hyde. A simples ideia disso dava-me frenesis. Não, aquilo estava em minha própria pessoa, que mais uma vez se via tentada a negacear com a minha consciência. E aquilo era um habitual pecador secreto, que por fim caiu sob os assaltos da tentação.

Todas as coisas vêm a ter um fim. A maior das medidas acaba por ficar repleta. E aquela breve condescendência para com o meu lado mau acabou, finalmente, por destruir o equilíbrio da minha alma. E ainda assim eu não estava alarmado: a queda pareceu-me natural, como uma volta aos velhos tempos, antes de ter feito minha descoberta. Era um dia bonito e claro de janeiro, o chão molhado onde a neve derretera, mas desanuviado no céu. E o Parque Regente estava cheio de gorjeios de inverno, e doce pelos perfumes da primavera. Sentei-me num banco, ao sol: o animal, dentro de mim, lambia os ossos das recordações, o lado espiritual um tanto sonolento, prometendo subsequente penitência, mas ainda não disposto a começá-la. Afinal, refletia, eu parecia com meus vizinhos, e então sorri, comparando-me com os outros homens, comparando minha boa vontade ativa com a ociosa crueldade de sua negligência. E, mesmo no instante em que me vangloriava por aqueles pensamentos, um desfalecimento sobreveio, horrível náusea e o mais mortal dos tremores. Tudo passou, deixando-me desfalecido, e então, como o desfalecimento também passasse, comecei a me sentir consciente de uma transformação no tipo de meus pensamentos, audácia maior, desprezo pelo perigo, solução nos vínculos da obrigação. Olhei e vi que minhas roupas penduravam-se, sem forma, sobre os membros que haviam encolhido. A mão que repousava no joelho era nervosa e peluda. Mais uma vez passara a ser Edward Hyde. Um momento antes estava certo do respeito de todos os homens, rico, querido, a mesa posta para mim na sala de jantar de meu lar. E agora pertencia à ganga comum da humanidade, perseguido, sem casa, assassino conhecido, escravo para o cadafalso.

Minha razão vacilou, mas não me abandonou completamente. Mais de uma vez eu tinha observado que, em minha segunda personalidade, minhas faculdades pareciam aguçar-se até alto ponto, e minhas energias faziam-se mais tensamente elásticas. Assim, aconteceu que onde Jekyll talvez sucumbisse, Hyde ergueu-se à altura da importância do momento. Minhas drogas estavam em um dos armários de meu gabinete: como poderia chegar até elas? Aquele era o problema que (apertando as têmporas nas mãos) apliquei-me em resolver. Eu tinha fechado a porta do laboratório. Se procurasse entrar pela casa, meus próprios criados me entregariam ao cadafalso. Vi que devia empregar outra pessoa e pensei em Lanyon. Como poderia comunicar-me com ele? Como persuadi-lo? Supondo que escapasse de ser preso

nas ruas, como poderia chegar até a presença dele? E como conseguiria eu, visitante desagradável e desconhecido, levar o famoso médico a forçar o gabinete de seu colega Henry Jekyll? Então, lembrei-me que uma parte de minha personalidade original se conservava em mim: eu podia escrever com minha própria letra e, tendo concebido essa faísca de esperança, a forma que devia usar tornou-se clara do princípio ao fim.

Arranjei então minhas roupas tão bem quanto me foi possível e, chamando um carro de aluguel que passava, fui ter a um hotel na rua Portland, de cujo nome acontecia-me recordar. Diante da minha aparência (que realmente era bastante cômica, por muito trágico que fosse o destino que aquela roupa cobria), o cocheiro não pôde esconder seu riso. Arreganhei os dentes para ele com um ímpeto de fúria diabólica e o sorriso murchou em seu rosto – sorte dele, e minha também, pois um instante mais e eu o teria com certeza arrancado da boleia. Na hospedaria, quando entrei, olhei em torno com fisionomia tão cerrada que fiz os atendentes tremerem. Na minha presença, nem sequer um olhar trocaram, antes receberam com obsequiosidade as minhas ordens, levaram-me a um quarto particular e trouxeram-me o necessário para escrever. Hyde em perigo de vida era criatura nova para mim. Sacudido por uma cólera fora do comum, tenso e pronto ao assassínio, desejoso de infligir sofrimento. Entretanto, aquela criatura era astuta. Dominou sua fúria com grande esforço da vontade, escreveu suas duas cartas tão importantes, uma para Lanyon e outra para Poole, e para ter certeza de que haviam sido postas no correio, mandou-as registrar.

Dali por diante passou o dia inteiro sentado junto da lareira do quarto particular, roendo as unhas. Ali jantou, sozinho com seus receios, o copeiro visivelmente abatido diante de seus olhos. E então, quando a noite desceu de todo, dirigiu-se, no canto de um carro de aluguel fechado, mandando que o cocheiro o levasse acima e abaixo pela cidade. "Ele", digo, pois não posso dizer "eu". Aquele filho de inferno nada tinha de humano. Nele, só viviam o medo e o ódio. E quando, finalmente, pensando que o cocheiro poderia tornar-se desconfiado, despediu o carro e aventurou-se a pé, metido naqueles trajos que não lhe pertenciam, objeto marcado para observação, misturando-se aos transeuntes noturnos, aquelas duas baixas paixões referviam nele como um temporal. Caminhou depressa, perseguido pelo receio, resmungando consigo mesmo, desviando-se pelas ruas menos frequentadas, contando os minutos que ainda o separavam da meia-noite. A um dado momento uma mulher falou com ele, oferecendo, penso, uma caixa de fósforos. O homem esmurrou-a no rosto, e ela fugiu.

Quando voltei a mim em casa de Lanyon, o horror que meu velho amigo manifestava de certa forma me afetou também: não sei, mas aquela foi, pelo menos, uma gota no mar de ódio com que eu relembrava aquelas últimas horas. Uma transformação se operara em mim. Já não receava o cadafalso, e era o horror de ser Hyde que me torturava. Recebi *a condenação de Lanyon em parte como num sonho, e foi como num sonho, em parte, que fui para a minha própria casa e meti-me na cama. Dormi, depois daquela prostração do dia, com aquele sono profundo e opressivo que nem mesmo os pesadelos que me assaltavam puderam romper. Acordei, pela manhã, trêmulo, enfraquecido, mas repousado. Ainda odiava e temia a lembrança do bruto que dormia dentro de mim e não tinha, naturalmente, esquecido os pavorosos perigos que correra na véspera. Mas estava de novo em meu lar, na minha própria casa, perto das minhas drogas, e a gratidão por ter escapado àquilo brilhava tão fortemente na minha alma que quase rivalizava com o fulgor da esperança.*

Ia eu atravessando calmamente o pátio, depois da primeira refeição, sorvendo a frescura do ar com prazer, quando fui mais uma vez tomado por aquelas indescritíveis sensações que anunciavam a mudança. Só tive tempo de alcançar o refúgio que era o meu gabinete, e já estava novamente revoltando-me e gelando com as paixões de Hyde. Nessa ocasião tomei uma dose dupla para voltar a Jekyll, e – ai de mim! – seis horas depois, quando estava sentado junto da lareira, olhando tristemente para o fogo, as dores voltaram e a droga teve que ser mais uma vez bebida. Numa palavra, daquele dia em diante parecia que só sob grande esforço, como o da ginástica, e só sob o imediato estímulo da droga, eu conseguia manter a fisionomia de Jekyll. A todas as horas do dia e da noite era atacado pelo tremor premonitório. Acima de tudo, se dormia, ou mesmo dormitava por um momento em minha cadeira, era sempre como Hyde que me acordava. Sob a tensão daquela ameaça continuamente em suspenso e devido à insônia à que me condenara, mesmo além do que julgara possível a um homem suportar, tornei-me, em minha própria pessoa, uma criatura roída, esvaziada pela febre, de uma fraqueza lânguida tanto de corpo como de espírito, e ocupado apenas com um pensamento: o horror do meu outro eu. Mas quando dormia, ou quando a virtude do medicamento acabava, saltava quase sem transição (pois as dores da transformação eram cada dia menos marcadas) para a posse de uma fantasia repleta de imagem de terror, uma alma fervendo com ódios sem causa, e um corpo que não parecia forte o bastante para conter as desesperadas energias de vida. Os poderes de Hyde pareciam ter crescido com o estado doentio de Jekyll. E, com certeza, o ódio que agora os separava era igual para as duas partes. Da parte de Jekyll tratava-se de uma coisa vinda de instinto vital. Vira agora a inteira deformidade daquela criatura que compartilhava com ele algum dos fenômenos da consciência, e com ele era co-herdeiro da morte. Além desses vínculos comuns, que em si próprios faziam a parte mais pungente de sua angústia, ele pensava em Hyde, apesar de toda a sua energia de vida, como em algo não só infernal, mas inorgânico. Aquilo era o impressionante: que o iodo do poço parecesse lançar gritos

e vozes, que a poeira amorfa gesticulasse e pecasse, que o que estava morto e não tinha forma pudesse usurpar os ofícios da vida. E, ainda que aquele horror rebelado estivesse ligado a ele de maneira mais íntima do que uma esposa, mais próximo do que um olho, que se encarcerasse em sua carne, onde ele o ouvia murmurar e sentia-o lutar para nascer. E a qualquer hora de fraqueza e no abandono do sono, aquilo prevalecia contra ele, e afastava-o da vida. O ódio de Hyde por Jekyll era diferente. Seu terror do cadafalso levava-o a desejar continuamente o suicídio temporário e a volta à sua situação subordinada de parte e não de pessoa. Odiava, porém, aquela necessidade, odiava o abatimento em que Jekyll agora tombara, ressentia-se do desagrado com que sabia ser visto. Daí as manobras simiescas que tentava contra mim, rabiscando com a minha própria caligrafia as blasfêmias nas páginas dos meus livros, queimando cartas e destruindo o retrato de meu pai. Realmente, não fosse o medo que lhe fazia a morte, havia muito se teria arruinado para envolver-me em sua ruína. Mas o amor que ele tem pela vida é maravilhoso. Vou além: eu, que adoeço e gelo só de pensar em Hyde, quando recordo a abjeção e a paixão de seu apego, sabendo como teme o meu poder de aniquilá-lo pelo suicídio, encontro no meu coração piedade para ele.

É inútil, nem me sobra tempo para isso, prolongar esta descrição. Ninguém jamais sofreu tais tormentos, basta que se diga isso. E mesmo a esses tormentos o hábito trouxe não digo alívio, não, mas certa calo-

sidade de alma, certa aquiescência do desespero. E meu castigo poderia prolongar-se durante anos, a não ser pela última calamidade que agora tombou sobre mim e que por fim separou-me de minha própria face, de minha própria natureza. Minha provisão do sal, que jamais fora renovada desde a data da primeira experiência, começou a diminuir. Mandei buscar novo fornecimento e fiz a mistura: seguiu-se a ebulição e a primeira mudança de cor, não a segunda. Bebi e aquilo não teve efeito algum. Você saberá por Poole que fiz esquadrinhar Londres: foi em vão. E estou agora persuadido de que a minha primeira provisão era impura, e que aquela impureza desconhecida era o que dava eficiência à minha droga.

Uma semana, mais ou menos, se passou, e agora estou terminando esta declaração sob a influência do que restava dos antigos sais. Esta é, pois, a última vez, a não ser que haja um milagre, em que Henry Jekyll pode pensar o próprios pensamentos ou ver a própria face (agora tão tristemente alterada!) no espelho. Não devo demorar-me demais a chegar ao fim do que escrevo, pois a minha narrativa até agora escapou à destruição apenas por uma combinação de grande prudência e sorte. Se as angústias de mudança me atacarem no ato de escrever isto, Hyde o rasgará em pedaços. Mas, se algum tempo se passar depois que tiver guardado este papel, seu maravilhoso egoísmo e o ato de estar absorvido pelo momento presente provavelmente salvarão mais uma vez estas letras de seu despeito animalesco. De fato, o fado que está se fechando sobre ambos nós já o mudou e o esmagou. Daqui a meia hora, quando eu tiver de novo e para sempre voltado àquela odiosa personalidade, sei como ficarei sentado, tremendo e chorando em minha cadeira, ou continuarei, com a maior e mais temerosa atenção auditiva, e andando de cá para lá neste quarto (meu último refúgio sobre a terra), aguçando o ouvido a cada som ameaçador. Hyde morrerá no patíbulo? Ou encontrará coragem para libertar-se pessoalmente, no último momento? Só Deus sabe. Eu não me importo: esta é minha verdadeira hora de morte, e o que se seguir diz respeito a outro que não eu. Aqui, portanto, ao deixar a pena e selar esta minha confissão, levo a seu termo a vida daquele infeliz Henry Jekyll.

O DIABRETE DA GARRAFA

Existiu um homem, na ilha do Havaí, que eu chamarei Keawe, pois a verdade é que ele ainda vive e seu nome deve ser conservado em segredo. Nascera não muito longe de Honaunau, onde os ossos de Keawe, o Grande, jazem escondidos numa gruta. Aquele homem era pobre, corajoso e ativo; sabia ler e escrever como um professor. Além disso, revelou-se marinheiro de primeira classe, tendo navegado durante algum tempo nos navios a vapor das ilhas e governado um baleeiro na costa de Hamakua. Por fim, veio à mente de Keawe a ideia de ver o grande mundo e as cidades estrangeiras, e ele embarcou num navio que se dirigia a São Francisco.

Trata-se de uma bela cidade, com um belo porto, e muita gente rica. Existe, em particular naquela cidade, uma colina coberta de palácios. Um dia estava Keawe passeando a pé por aquela colina, levando os bolsos cheios de dinheiro, observando as grandes casas de cada lado da passagem, com grande prazer. "Que belas casas há por aqui!", pensava. "E como devem ser felizes as pessoas que moram nelas sem preocupações quanto ao dia de amanhã!" Tal pensamento lhe ocupava a mente quando chegou diante de uma casa que era menor do que algumas das outras, mas toda terminada e bela como um brinquedo. Os degraus daquela casa brilhavam como prata, os limites do jardim floresciam como guirlandas e as janelas pareciam diamantes, tal o seu brilho. Keawe parou, pensando na excelência de tudo quanto via. Assim parado, percebeu que havia um homem a olhar para ele, lá de uma janela, tão claro que Keawe podia vê-lo como se vê um peixe nos poços que se formam sobre os rochedos. O homem era idoso, calvo e tinha barba preta. Seu rosto mostrava-se pesado de tristeza e ele suspirava com frequência. A verdade é que, enquanto Keawe olhava para o homem e o homem olhava para Keawe, ambos invejavam-se mutuamente.

De repente, o homem sorriu e fez um movimento com a cabeça, convidando Keawe para entrar, indo ter com ele à porta da casa.

— Esta minha casa é muito bonita — disse o homem e suspirou amargamente. — Deseja ver os aposentos?

Assim, levou Keawe pela casa toda, desde a adega até o telhado, e nada havia que não fosse perfeito. Keawe estava atônito.

— De fato — disse Keawe —, é uma bela casa e se eu vivesse num lugar assim estaria rindo o dia inteiro. Por que razão, então, o senhor suspira?

— Não há razão — disse o homem — que lhe impeça de ter uma casa em tudo igual a esta, e melhor ainda, se desejar. Você tem algum dinheiro, imagino?

— Tenho cinquenta dólares — disse Keawe —, mas uma casa igual a esta cuida mais de cinquenta dólares.

O homem fez um cálculo mental.

— Lamento que não disponha de mais — disse ele —, pois isso pode lhe causar transtornos no futuro, mas será sua por cinquenta dólares.

— A casa? — perguntou Keawe.

— Não, a casa não — respondeu o homem —, mas a garrafa. Porque, devo dizer-lhe que, embora eu lhe pareça muito rico e afortunado, toda a minha fortuna, e mesmo esta casa com seu jardim, saíram de uma garrafa em que não cabe mais que meio litro. É esta.

Abriu um armário e dele retirou uma garrafa de bojo arredondado, com gargalo comprido. O vidro era branco leitoso e em sua contextura juntavam-se as cores do arco-íris. Dentro dele, algo movia-se obscuramente, como sombra num fogo.

— Esta é a garrafa — disse o homem. E, quando Keawe riu, acrescentou: — Não acredita era mim? Então, experimente. Veja se consegue quebrá-la.

Assim, Keawe apanhou a garrafa e atirou-a ao chão várias vezes, até se cansar. Mas a garrafa saltava contra o piso como a bola de uma criança, sem sofrer dano algum.

— Isso é uma coisa bem estranha — disse Keawe. — Pelo toque e pelo aspecto, ela parece ser feita de vidro.

— E é de vidro — respondeu o homem, suspirando com mais vontade do que nunca —, mas esse vidro foi temperado nas chamas do inferno. Um diabrete vive aí dentro, é a sombra que vemos mexendo-se, ou, pelo menos, é o que eu penso. Se um homem compra esta garrafa, o diabrete fica às suas ordens: todos os seus desejos, seja amor, fama, dinheiro, casas como esta aqui ou mesmo uma cidade inteira, estarão ao seu alcance. Basta pedir. Napoleão possuiu esta garrafa e graças a ela tornou-se rei do mundo, mas acabou vendendo-a e arruinou-se. O capitão Cook teve esta garrafa e, assim, encontrou o caminho para tantas ilhas, mas também ele a vendeu, e acabou assassinado no Havaí. Porque, uma vez vendida, o poder e a proteção vão-se embora com ela e, a não ser que um homem permaneça contente com o que tem, o mal tombará sobre ele.

— Entretanto, o senhor está falando de vendê-la — disse Keawe.

— Tenho tudo quanto desejo e estou envelhecendo — respondeu o homem. — Isso é uma coisa que o diabrete não pode fazer: não pode prolongar a vida. E não seria justo esconder de você que há uma desvantagem na garrafa, pois, se um homem morre antes de vendê-la, será queimado no inferno, pela eternidade.

— É realmente uma desvantagem, sem dúvida alguma — exclamou Keawe. — Eu não brincaria com uma coisa dessas. Posso passar sem uma casa, graças a Deus. Mas há uma coisa que não quero por nada nesse mundo, que é a blasfêmia.

— Pobre de mim, não se precipite dessa maneira — falou o homem. — Tudo quanto você tem a fazer é usar o poder do diabrete com moderação e depois vender a garrafa a alguma outra pessoa, como estou fazendo com você, e terminar sua vida confortavelmente.

— Bem, eu observo duas coisas — disse Keawe. — Todo o tempo o senhor se conserva suspirando, como uma donzela apaixonada; esta é a primeira coisa. Quanto à outra, a garrafa é muito barata.

— Já lhe disse por que suspiro, indiretamente — disse o homem. — É porque receio que minha saúde esteja se arruinando. E, como você mesmo disse, morrer e ir para o inferno é uma tristeza para qualquer um. Quanto ao fato de vender a garrafa tão barato, devo explicar-lhe que há uma peculiaridade nela. Há muito tempo, quando o demônio a trouxe para a Terra pela primeira vez, era muitíssimo cara e foi vendida primeiro a Preste João[5] por muitos milhões de dólares. Acontece que ela não pode ser vendida a não ser com prejuízo. Se você a vender pela mesma quantia que pagou por ela, a garrafa voltará para suas mãos, feito um pombo ensinado. Por isso o preço foi baixando, durante todos esses séculos, e a garrafa é agora notavelmente barata. Eu próprio a comprei de um dos meus grandes vizinhos nesta colina e paguei apenas noventa dólares. Poderia vendê-la até por oitenta e nove dólares e noventa e nove centavos, mas nem um *penny* mais cara, senão, teria a garrafa de volta. Bem, há dois inconvenientes nisto: primeiro, quando alguém oferece uma garrafa tão singular por tristes oitenta dólares, as pessoas pensam que estão sendo enganadas. Segundo... bem, mas não há necessidade de dizer nada neste sentido, agora. Lembre-se apenas que deve vendê-la por dinheiro vivo, contado.

— Como posso saber se tudo isso é verdade? — perguntou Keawe.

— Algo lhe será possível experimentar imediatamente — respondeu o homem. — Dê-me seus cinquenta dólares, tome a garrafa e deseje que os cinquenta dólares voltem para seu bolso. Se tal coisa não acontecer, eu lhe empenho minha palavra de honra como considerarei rompido o negócio e devolverei seu dinheiro.

— Não está me enganado? — perguntou Keawe.

---

[5] As lendas sobre Preste João, soberano patriarca cristão, foram muito populares na Europa católica entre os séculos XII e XVII. Seu reino abrangia vastos territórios da Ásia Central e conta-se que seria descendente de Baltazar, um dos três reis magos. O termo “Preste” é uma corruptela do francês *prêtre* (padre). Diz-se que era um homem virtuoso e um governante generoso.

O homem desfiou então um longo juramento, que o comprometia.

— Bem, vou arriscar — disse Keawe. — Não deve me fazer mal.

Pagou ao homem os cinquenta dólares e recebeu a garrafa.

— Diabrete da garrafa — disse Keawe —, quero meus cinquenta dólares de volta.

E, mal tinha acabado de dizer aquelas palavras, eis que seu bolso se mostrava pesado como sempre.

— Realmente, esta garrafa é maravilhosa! — disse Keawe.

— E agora, tenha um bom-dia, meu belo jovem, e que o diabo vá com você, deixando-me — disse o homem.

— Ora, vamos — disse Keawe. — Não quero mais saber dessa brincadeira. Aqui, tome sua garrafa.

— Você a comprou por menos do que eu paguei por ela — respondeu o homem, esfregando as mãos uma na outra. — Agora é sua e, de minha parte, só me interessa vê-lo pelas costas.

E com isso chamou seu criado chinês, que pôs Keawe para fora de sua casa.

Bem, Keawe viu-se então na rua, com a garrafa embaixo do braço, e começou a pensar: "Se tudo que ele disse sobre esta garrafa é verdade, pode ser que eu tenha feito um mau negócio. Mas talvez o homem estivesse apenas querendo me fazer de bobo".

A primeira coisa que fez foi contar seu dinheiro: a soma estava exata, eram quarenta e nove dólares americanos e uma moeda do Chile.

— Parece que a coisa é verdadeira — disse Keawe. — Agora tentarei outra.

As ruas, naquela zona da cidade, eram limpas como o tombadilho de um navio e, embora fosse meio-dia, não havia transeuntes. Keawe colocou a garrafa na sarjeta e pôs-se a caminhar. Duas vezes olhou para trás e lá estava a garrafa leitosa e bojuda, onde ele a deixara. Uma terceira vez olhou para trás e então virou a esquina. Mal, porém, fizera a curva, eis que algo lhe esbarra no cotovelo, e... vejam só! Lá estava o gargalo comprido se espichando: o ventre bojudo metera-se dentro do bolso de seu casaco de piloto.

— E parece que isso também é de verdade! — disse Keawe.

O que fez a seguir foi comprar um saca-rolhas numa loja e afastar-se para um lugar escondido, no campo. Ali, tentou arrancar a rolha, mas tantas vezes quantas ele colocava o saca-rolhas, para fora vinha ele, sem que a rolha sofresse coisa alguma.

— Esta rolha é de uma qualidade nova — disse Keawe, tremendo e suando, pois estava começando a ter medo da garrafa.

Em seu caminho de volta para o porto, viu uma loja onde um homem vendia conchas e clavas vindas de ilhas selvagens, velhas deidades pagãs, moedas antigas, pinturas da China e do Japão, e toda espécie de coisas que os marinheiros trazem em sua arca de bordo. Então, ele teve uma ideia. Dirigiu-se ao homem e ofereceu-lhe a garrafa por cem dólares. De início o homem da loja riu e ofereceu-lhe cinco, mas a garrafa era realmente curiosa, feita de um vidro como jamais fora soprado em vidraria humana, tão lindas as cores brilhavam sob o branco leitoso e tão estranha uma sombra oscilava lá dentro. Assim, depois de ter discutido por algum tempo, conforme o costume entre os de seu ofício, o lojista deu a Keawe sessenta dólares pelo objeto e colocou-o numa prateleira, no meio de sua vitrine.

— Agora — disse Keawe — vendi por sessenta dólares o que comprei por cinquenta, ou, para dizer a verdade, por um pouco menos, pois um dos dólares era do Chile. Agora, saberei a verdade sobre o outro ponto.

Assim, voltou para bordo de seu navio e, quando abriu sua arca, ali estava a garrafa, que chegara mais depressa do que ele próprio.

Ora, Keawe tinha um companheiro a bordo, de nome Lopaka.

— Por que você está tão espantado, a olhar para sua arca? — perguntou Lopaka a Keawe.

Estavam sozinhos no castelo de proa e Keawe, obrigando-o a jurar segredo, contou-lhe tudo.

— É um caso bastante estranho — disse Lopaka — e receio que essa garrafa vá lhe trazer problemas. Mas há um ponto muito claro, que é a sua consciência acerca desses transtornos, então é melhor tirar proveito do negócio. Resolva sobre o que deseja dela, dê a ordem e, se a coisa for feita como deseja, eu comprarei a garrafa, pois também tenho uma pequena ideia a realizar, sobre certa escuna para fazer comércio através das ilhas.

— Essa não é a minha ideia — disse Keawe. — O que desejo é ter uma bela casa na Costa Kona, onde nasci, o sol brilhando sobre a porta, flores no jardim, vidraças nas janelas, quadros nas paredes, enfeites e lindos tapetes sobre as mesas, inteiramente igual à casa onde estive hoje... Apenas com um andar a mais, e com sacadas em toda volta, como o palácio do Rei. E viver ali sem preocupações, alegrando-me com meus amigos e parentes.

— Bem — disse Lopaka —, vamos levar a garrafa conosco para o Havaí e, se tudo sair certo, como você pensa, comprarei a garrafa, como disse, e pedirei uma escuna.

Concordaram e não demorou muito para que o navio voltasse para Honolulu, levando Keawe, Lopaka e a garrafa. Mal chegaram a terra quando encontraram um amigo na praia, e esse amigo começou imediatamente a desejar pêsames a Keawe.

— Não sei por que você me está oferecendo pêsames — disse Keawe.

— Será possível que você não tenha sabido — falou o amigo — que seu tio, aquele bom velho, morreu, e que seu primo, aquele belo rapaz, afogou-se no mar?

Keawe ficou muito triste e, começando a chorar e lamentar-se, esqueceu-se da garrafa. Mas Lopaka estava pensando nela. Assim que o desgosto de Keawe diminuiu um pouco, disse-lhe:

— Estive pensando: seu tio não tinha terras no Havaí, no distrito de Kau?

— Não — disse Keawe, em Kau não. As terras dele são do lado da montanha, um tanto para Hookena do sul.

— Essas terras não serão suas, agora? — perguntou Lopaka.

— Serão, sim — disse Keawe, recomeçando a chorar pelos parentes mortos.

— Não — disse Lopaka —, não chore agora. Estou pensando uma coisa. Será que isso tudo não é trabalho da garrafa? Pois agora há um lugar pronto para fazer a sua casa.

— Se foi isso — exclamou Keawe —, é coisa muito má essa forma de servir-me matando meus parentes. Mas pode ser, realmente, pois na minha imaginação foi justo lá que vi a minha casa.

— A casa, entretanto, ainda não está construída — falou Lopaka.

— Não, nem parece que o venha a ser! — disse Keawe. — Pois, embora meu tio tenha algum café, kava[6] e bananas, isso apenas poderá manter minha vida confortável. E o resto da terra é lava preta.

— Vamos até o advogado — disse Lopaka. — Ainda tenho na cabeça aquela ideia.

Foram ter com o advogado e, ao que parecia, o tio de Keawe fizera-se monstruosamente rico nos últimos dias. Havia ali um poço de dinheiro.

— Aqui está o dinheiro para a casa! — exclamou Lopaka.

— Se o senhor está pensando numa casa nova — disse o advogado —, aqui tem o cartão de um novo arquiteto, do qual dizem-me maravilhas.

— Tanto melhor! — falou Lopaka. — Tudo se está fazendo fácil para nós. Continuemos a obedecer às ordens.

Assim, foram ao arquiteto, que tinha desenhos de casas sobre sua mesa de trabalho.

— Quer algo original — falou o arquiteto. — Que tal lhe parece esta?

E entregou um croqui a Keawe. Quando Keawe pôs os olhos no desenho, soltou um grande grito, pois era exatamente como havia pintado em sua mente.

"Quero esta casa", pensou ele. "Embora goste muito pouco da forma pela qual ela vem ao meu encontro, agora eu a quero. É melhor aceitar o bom junto com o mau."

Assim, descreveu para o arquiteto tudo o que queria e como desejava que a casa fosse mobiliada, que quadros imaginava nas paredes e que enfeites queria sobre as mesas.

---

[6] Kava: planta de cuja raiz se extrai um ácido cristalino, empregado em medicina.

Perguntou claramente ao homem por quanto ele se encarregaria daquele negócio. O arquiteto, depois de várias perguntas, tomou a pena e fez cálculos. Quando terminou e disse a quantia, era exatamente a que Keawe herdara.

Lopaka e Keawe olharam um para o outro e consentiram com a cabeça.

"Está bastante claro", pensou Keawe, "que eu devo ter essa casa, queira ou não. Vem do diabo, e receio que nada de bom resulte daí. De uma coisa estou certo, nada mais desejarei enquanto tiver esta garrafa. Mas a casa está já no meu cangote e é melhor aceitar o bom junto com o mau."

Assim, combinou as condições do projeto com o arquiteto e assinaram ambos um papel. Keawe e Lopaka voltaram para o navio e tornaram a navegar para a Austrália, pois tinha sido combinado entre eles que em nada interfeririam, mas deixariam o arquiteto e o diabrete da garrafa construir e adornar a casa a seu bel-prazer.

A viagem correu muito bem, exceto pelo fato de Keawe ter passado todo o tempo retendo o fôlego, pois tinha jurado não expressar mais desejos, não receber mais favores do diabo. Quando voltaram, o prazo estava terminado. O arquiteto disse-lhes que a casa achava-se pronta, e Keawe e Lopaka tomaram o navio Hall, e desceram o caminho de Kona a fim de ver a casa, verificando se tudo fora feito de acordo com o pensamento que ocupava a mente de Keawe.

A casa levantava-se na vertente da montanha, visível dos navios. Acima, a floresta subia, metendo-se entre as nuvens de chuva; abaixo, a lava negra tombava nos rochedos, onde jaziam sepultados os reis dos velhos tempos. Um jardim florescia em torno da casa, com todas as tonalidades de flores, e havia um pomar de mamão de um lado e um pomar de fruta-pão do outro; bem na frente, na direção do mar, um mastro de navio tinha sido levantado e nele hasteava-se uma bandeira. Quanto à casa, era de três andares e tinha quartos grandes, com amplas sacadas. As janelas eram de excelente vidro, transparentes como a água e brilhantes como o dia. Toda a espécie de mobiliário guarnecia os aposentos. Quadros pendiam das paredes em molduras douradas, representando navios, homens em combate, as mais belas mulheres e paisagens exóticas. Em parte alguma do mundo existem quadros de cores tão brilhantes como os que Keawe encontrou pendurados nas paredes de sua casa. Quanto aos adornos, haviam refinados relógios, caixas de música, homenzinhos que sacudiam as cabeças, livros cheios de gravuras e armas autênticas de todos os quadrantes do mundo, os mais variados jogos e enigmas de tabuleiro para distrair um homem solitário. E como ninguém se importaria de morar em tais aposentos, apenas pelo prazer de admirá-los, as sacadas tinham sido feitas bem largas, de forma que uma cidade inteira poderia viver sobre elas, confortavelmente. Assim, Keawe não sabia qual preferia, se o alpendre dos fundos, onde havia a brisa da terra e de onde se viam os pomares e as flores, ou a sacada da frente, onde se podia beber o vento do mar e baixar os olhos para as íngremes montanhas, e ver o Hall passando uma vez por semana, mais ou menos entre Hookena e as montanhas de Pele, ou as escunas percorrendo a costa atrás de madeira, kava e bananas.

Quando acabaram de ver tudo, Keawe e Lopaka sentaram-se no alpendre.

— Bem — perguntou Lopaka —, está tudo como você desejava?

— Não é possível dizê-lo com palavras — respondeu Keawe. — É melhor do que sonhei. Chego a me sentir doente, de tanta satisfação.

— Há apenas uma coisa a considerar — disse Lopaka. — Tudo isto pode ser bastante natural e o diabrete da garrafa nada ter que ver com o que se passa. Se eu comprar a garrafa, mas não conseguir a escuna, terei posto a mão no fogo em troca de nada. Dei-lhe minha palavra, bem sei, mas ainda assim acho que não me deve ser negada uma prova mais.

— Eu jurei que não aceitaria mais favores — disse Keawe. — Já me afundei bastante.

— Não é um favor que estou pensando — replicou Lopaka. — É só para ver o próprio diabrete. Nada ganharemos com isso e tampouco teremos do que se envergonhar. Além do mais, se eu o visse, teria certeza de toda a história. Portanto, acede ao que peço e deixa-me ver o diabrete. Depois, aqui está o dinheiro em minha mão, e eu a comprarei.

— Tenho medo de uma coisa, apenas — disse Keawe. — O diabrete pode ser muito feio de se ver e se você o vir talvez perca a vontade de comprar a garrafa.

— Sou homem de palavra — disse Lopaka. — E aqui está o dinheiro entre nós dois.

— Muito bem — respondeu Keawe. — Também estou curioso. Assim, saia daí e deixe-nos vê-lo, sr. Diabrete.

Mal ele tinha dito isso e o diabrete olhou para fora da garrafa e recolheu-se outra vez, rápido como um lagarto. E ali ficaram Keawe e Lopaka rígidos como pedras. A noite havia descido e eles ainda não tinham recuperado o pensamento, ou a voz para expressá-lo. Então, Lopaka empurrou o dinheiro e recolheu a garrafa.

— Sou homem de palavra — disse ele — e é preciso que o seja mesmo, pois de outra forma não tocaria nesta garrafa nem com o pé. Bem, terei minha escuna e alguns dólares no bolso. E logo me livrarei desse diabo, tão depressa quanto me for possível. Para dizer a verdade, a visão dele me deixou abatido.

— Lopaka — falou Keawe —, não me leve a mal. Sei que é noite e que as estradas são ruins, assim como a passagem entre as sepulturas é desagradável a esta hora, mas declaro que desde que vi aquela carinha não poderei dormir, nem comer, nem rezar, enquanto ela não tiver partido daqui. Dou-lhe uma lanterna e um cesto para levar a garrafa, e qualquer quadro ou bibelô de minha casa que mais lhe agrade, mas por favor saia imediatamente e vá dormir em Hookena, com Nahinu.

— Keawe — respondeu Lopaka —, muitos homens tomariam isso como uma ofensa, pois estou lhe prestando serviço amistoso, já que cumpro minha palavra a respeito da garrafa. Até porque, escuro assim, o caminho entre as sepulturas deve ser dez vezes mais perigoso para um homem com tal pecado na consciência e tal garrafa embaixo do braço. Mas, de minha parte, estou extremamente aterrorizado também, a tal ponto que não posso censurá-lo. Vou-me, pois. E peço a Deus que possa você gozar de felicidade em sua casa e que eu seja feliz com a minha escuna, e que ambos cheguemos ao céu, apesar do diabo e de sua garrafa.

Assim, Lopaka desceu a montanha e Keawe ficou de pé no alpendre da frente, ouvindo o ruído das ferraduras do cavalo e observando a lanterna que brilhava pelo caminho abaixo ao longo do rochedo de cavernas onde estavam sepultados os antigos mortos. E durante todo o tempo tremeu e torceu as mãos, rezando pelo seu amigo e dando graças a Deus por si próprio, por ter se livrado daquele pavor.

O dia seguinte, porém, surgiu brilhante, e a casa nova era tão encantadora de se ter, que ele esqueceu seus terrores. Um dia seguia-se a outro e Keawe vivia em perpétuo júbilo. Instalara-se no alpendre dos fundos: ali comia e ali vivia, lendo as histórias dos jornais de Honolulu. Quando chegava alguém, passavam todos para dentro para admirar os aposentos e os quadros. A fama da casa espalhou-se rapidamente; era chamada *ka-Hale Nui,* "a Casa Grande", em toda Kona. E às vezes chamavam-na "a Casa Brilhante", pois Keawe tinha um empregado chinês que passava o dia inteiro limpando o pó e lustrando. Os vidros, os dourados, os objetos finos e os quadros brilhavam como a luz da manhã. Quanto ao próprio Keawe, não podia caminhar por aqueles aposentos sem cantar, de tanto que seu coração se dilatava. E quando os navios saíam para o mar, ele erguia no mastro o estandarte com suas cores.

Assim passou-se o tempo, até que um dia Keawe foi a Kailua visitar certos amigos, onde foi muito bem recebido. Na manhã seguinte partiu o mais cedo possível e cavalgou depressa, pois estava impaciente para chegar à sua bela moradia. Além disso, a noite vinha descendo e não era uma noite qualquer: tratava-se da noite em que os mortos do passado saíam das sepulturas, nos lados de Kona.

Como já havia se envolvido com o diabo, tinha cautela para não se encontrar com fantasmas. Um pouco para além de Honaunau, olhando bem para a frente, viu que havia uma mulher banhando-se na margem do mar. Pareceu-lhe uma garota já crescida, formosa. Depois, viu seu traje de baixo branco esvoaçar, quando ela o vestiu, e em seguida seu *holoku*[7] vermelho. Quando chegou diante da moça , ela já havia terminado sua toalete, saído do mar e posto-se de pé, à margem do caminho, em seu belo *holoku*, toda viçosa do banho recente, os olhos brilhantes. Mal Keawe a viu de perto, freou o animal.

— Pensei conhecer toda a gente desta região — disse ele. — Como acontece que não a conheça?

— Sou Kokua, filha de Kiano — disse a moça —, e acabei de voltar de Oahu. Quem é você?

— Eu lhe direi daqui a pouco — falou Keawe, desmontando. — Agora não. Porque pensei que se você soubesse quem sou poderia ter ouvido falar a meu respeito e não me daria uma resposta verdadeira. Diga-me porém, antes de mais nada: é casada?

Ouvindo aquilo, Kokua riu alto.

— É você quem faz as perguntas — disse ela. — Você é casado?

— Não, Kokua, não sou — respondeu Keawe — e nunca havia pensado nisso antes a não ser agora. Mas aqui está a verdade inteira: encontrei você aí na estrada, vi seus olhos, que parecem estrelas, e meu coração está batendo por você, rápido como um pássaro. Então, se não quer saber de mim, diga-o, e eu seguirei para minha casa. Porém, se não me acha pior do que qualquer outro jovem que conheça, diga-o agora também, e eu darei meia-volta em direção à casa de seu pai para ali passar a noite. E amanhã falarei com aquele bom homem.

Kokua nada disse, mas olhou para o mar e riu.

— Kokua — falou Keawe —, se você nada disser eu considerarei isso uma resposta positiva, portanto vamos até a porta da casa de seu pai.

Ela seguiu na frente, ainda em silêncio. Apenas de vez em quando lançava para trás um olhar de relance, desviando-o logo, e mantendo na boca os cordões de seu chapéu.

Quando chegaram à porta, Kiano saiu para a varanda e fez exclamações de boas-vindas a Keawe, dizendo-lhe o nome. Ouvindo aquilo, a moça olhou para ele, pois a fama da Casa Grande tinha chegado até seus ouvidos. E, verdadeiramente, era uma grande tentação. Durante toda a noite divertiram-se juntos e a moça mostrou-se muito animada aos olhos de seus pais, dando muita atenção a

[7] Holoku: veste feminina tipicamente havaiana, semelhante a um vestido longo.

Keawe, pois era pessoa de muito espírito. No dia seguinte o rapaz falou com Kiano e encontrou-se a sós com a moça.

— Kokua — disse ele —, você me deu atenção durante toda a festa e ainda é tempo de me pedir que vá embora. Eu não lhe teria dito quem era, porque tenho uma casa tão bonita que receava ver você pensar demais na casa e de menos no homem que a ama. Agora que sabe tudo, se nunca mais me quiser ver, diga-me que vá embora, imediatamente.

— Não — disse Kokua, mas dessa vez não riu, nem pediu nada mais a Keawe.

Esse foi o namoro de Keawe. As coisas tinham corrido rapidamente, mas assim também corre uma flecha, e a bala de um rifle é ainda mais rápida. Entretanto, ambas alcançam seu alvo. Sim, as coisas tinham corrido rapidamente, mas também tinham ido longe, e o pensamento de Keawe retinia na mente da jovem. Ela ouvia a voz do rapaz no rumor da rebentação sobre a lava, e por aquele moço que vira apenas duas vezes seria capaz de deixar pai, mãe e sua ilha nativa. Quanto a Keawe, seu cavalo voou pelo caminho da montanha cima, e o som das canções do próprio Keawe, que cantava de prazer, ecoavam na caverna dos mortos. Chegou à Casa Brilhante e ainda estava cantando. Sentou-se e comeu na ampla sacada: o chinês ficou a meditar, vendo seu patrão cantar a cada dois bocados. O sol desceu sobre o mar e a noite veio. Keawe andou pelas sacadas à luz de lâmpadas e, do alto das montanhas, as notas de suas canções deixaram os admirados homens em seus navios.

— Aqui estou eu, neste meu lugar alto — dizia ele para si mesmo. — A vida não pode ser melhor: este é o topo da montanha e em torno de mim tudo desce para o que é pior. Pela primeira vez iluminarei os aposentos, tomarei banho no meu belo banheiro, com água quente e água fria, e dormirei lá em cima, em meu quarto nupcial.

Assim, o chinês recebeu suas ordens e teve que levantar da cama e acender as fornalhas. Enquanto descia para junto das caldeiras, ouvia seu patrão cantar e regozijar-se lá em cima, nos aposentos iluminados. Quando a água começou a esquentar o chinês chamou por seu patrão. Keawe entrou no banheiro. O empregado podia ouvi-lo cantar enquanto enchia a banheira de mármore. E ouviu-o cantar até o canto interromper-se de súbito enquanto ele se despia. O chinês recostou o ouvido à porta e gritou lá para dentro, perguntando a Keawe se estava tudo bem, e Keawe respondeu-lhe que sim, mandando que fosse se deitar. Mas as canções cessaram na Casa Brilhante. Durante toda a noite o chinês ouviu os passos de seu patrão percorrendo as sacadas, sem repouso.

A verdade era esta: quando Keawe despia-se para o banho, reparou em seu corpo um sinal como que o de limo numa pedra e foi então que parou de cantar. Porque conhecia aquela marca e sabia que tinha sido atacado pela hanseníase.

É coisa triste para qualquer homem contrair tal doença. E seria coisa triste para qualquer um deixar uma casa tão bonita e confortável, e separar-se de todos os seus amigos para se dirigir à costa de Molokai, entre os rochedos abruptos e os talhamares. Que seria então aquilo, no caso de Keawe, se na véspera encontrara o amor de sua vida e o ganhara justo naquela manhã, e agora via todas as suas esperanças destruídas, com um único golpe, como se fossem de vidro?[8]

Ficou algum tempo sentado à beira da banheira, depois deu um salto e um grito e correu para fora, andando de cá para lá, de lá para cá, como um desesperado, ao longo das sacadas.

"Eu poderia deixar o Havaí de boa vontade, a terra de meus pais", pensava ele. "Muito facilmente poderia deixar minha casa, colocada tão alto, com tantas janelas, aqui sobre as montanhas. Muito corajosamente poderia ir para Molokai, para Kalaupapa ao lado dos rochedos, para viver com os leprosos aflitos, e dormir ali, longe de meus pais. Mas que mal fiz eu, que pecado há na minha alma, para ter encontrado Kokua saindo tão viçosa da água do mar, ao entardecer? Kokua, sedução da alma! Kokua, luz da minha vida! Nunca poderei casar-me com ela, nunca mais poderei vê-la, não poderei mais tocá-la com minha mão amorosa, e é por isso, é por ti, ó Kokua, que me lamento!"

Agora deve-se observar que espécie de homem era Keawe, pois poderia ter morado ali na Casa Brilhante durante anos e ninguém teria notícias de sua doença. Mas nada daquilo o interessava, se tinha de perder Kokua. E também podia ter casado com Kokua, assim mesmo como estava, e muitos teriam feito isso, porque têm almas de porcos. Mas Keawe amava nobremente a donzela e não queria magoá-la, muito menos expô-la ao perigo de se contaminar também.

Para além das névoas da noite, surgiu-lhe na lembrança a recordação daquela garrafa. Deu a volta pelo alpendre dos fundos e recordou-se do dia em que o diabrete lhe aparecera, sentindo, com isso, o sangue correr feito gelo em suas veias.

"Aquela garrafa é uma coisa de temer", pensou Keawe, "e de temer é o diabrete, e de temer é o risco das chamas do inferno. Mas que outra esperança tenho de curar minha doença ou de casar-me com Kokua? Quê!", pensou ele. "Eu teria agarrado o diabo pela barba uma vez, só para conseguir uma casa, e não o enfrentaria de novo para obter Kokua?"

---

[8] Na época em que R. L. Stevenson publicou seu texto, a hanseníase era uma temível doença sem cura e, por ser altamente transmissível, obrigava os doentes a se isolarem da vida social. Atualmente, existem tratamentos eficientes e é possível levar uma vida normal.

Então, lembrou-se que no dia seguinte o navio Hall partiria, de volta a Honolulu.

"Lá é que devo ir primeiro", pensou, "e verei Lopaka. A melhor esperança que tenho agora é encontrar aquela mesma garrafa da qual tive tanta satisfação em me livrar."

Não pôde dormir nem um instante sequer. A comida parava-lhe na garganta, mas ele enviou uma carta a Kiano e quando o navio estava para entrar, cavalgou, descendo os rochedos entre as sepulturas. Chovia, e seu cavalo descia pesadamente. Ele olhava para as bocas negras das cavernas e invejava os mortos que ali dormiam e já não tinham transtornos. Recordava-se de como galopara por ali, na véspera, atônito. Assim, desceu para Hookena e viu que havia, como de costume, grande turba reunida à espera do vapor. Reuniam-se todos sob o toldo que ficava diante do armazém, faziam graça e contavam as novidades, mas não havia assunto para conversas no peito de Keawe; sentou-se no meio daqueles homens e olhou para fora, para a chuva que caía, e para a rebentação entre as rochas, enquanto suspiros subiam-lhe à garganta.

— Keawe da Casa Brilhante está desanimado — diziam os demais, uns aos outros.

Ele de fato estava, e não era para menos.

Então, chegou o Hall, e um navio baleeiro levou-os a bordo. A popa do navio estava cheia de *haoles*[9] que tinham estado em visita ao vulcão, conforme é de seu costume. No centro, aglomeravam-se os havaianos, e na proa havia touros do Hilo e cavalos de Kau. Keawe, porém, instalou-se longe de todos, em seu desgosto, e ficou a olhar para casa de Kiano. Ali estava ela, sobre a terra de rochedos negros, à sombra de palmeiras *coron*. Junto da porta havia um *holoku* vermelho, pequenino e rápido feito mosca, tão longe estava agora de Keawe.

— Ah! Rainha do meu coração — exclamou Keawe —, arriscarei minha pobre alma para conquistar-te!

Logo depois a noite caía, as cabines foram iluminadas, e os *haoles* sentaram-se para jogar cartas e beber uísque, conforme é de seu costume. Keawe, entretanto, caminhou pelo convés durante a noite inteira, e no dia seguinte, quando navegavam ao lado dos prados de Maui ou de Molokai, ele ainda andava de lá para cá, tal uma fera enjaulada.

Ao anoitecer desse dia, passaram pelo Cabo Diamante e chegaram ao cais de Honolulu. Keawe desceu para junto da multidão e começou a indagar sobre o paradeiro de Lopaka. Ao que parecia ele se tornara dono de uma escuna – e nenhuma era melhor naquelas ilhas – e aventurara-se até Pola-Pola e Kahiki. Portanto, de Lopaka não havia esperança de vir socorro. Keawe recordou-se de

---

[9] Em havaiano. Tradução: caucasiano; homem branco.

um amigo dele, advogado na cidade (não devo dizer-lhe o nome), e perguntou pelo homem. Contaram-lhe que ele se fizera de súbito muitíssimo rico e tinha uma bela casa nova na praia de Waikiki. Aquilo despertou em Keawe certa esperança e, chamando um táxi, fez-se conduzir até a casa do advogado.

A casa era inteiramente nova e as árvores do jardim mostravam apenas a altura de uma bengala. O advogado, quando se apresentou, tinha o ar de homem satisfeito.

— Em que lhe posso servir? — indagou ele.

— O senhor é amigo de Lopaka — respondeu Keawe — e Lopaka comprou de mim certa mercadoria, que talvez lhe seja possível localizar para mim.

O rosto do advogado fez-se muito sombrio e ele disse:

— Não quero dizer que não o estou entendendo, sr. Keawe, embora esse seja um negócio desagradável de se comentar. Pode estar certo de que nada sei, mas penso, ainda assim, que se o senhor indagar em certo bairro, poderá ter notícias.

E deu o nome de certo homem, nome que também não devo repetir. Assim passaram-se dias, Keawe indo de um a outro, encontrando por toda a parte roupas e carruagens novas, belas casas recentemente construídas e homens em grande contentamento, embora, para dizer a verdade, todos se mostrassem sombrios quando se lhes falava no tal assunto.

"Não há dúvida de que estou na pista", pensava Keawe. "Essas roupas novas e essas carruagens são dádivas do diabrete, e esses rostos satisfeitos são o de homens que tiraram proveito e depois livraram-se com segurança da maldita garrafa. Quando eu chegar e encontrar faces pálidas e ouvir suspiros, saberei que estou próximo dela."

Assim, aconteceu, finalmente, que lhe recomendaram procurar um *haole* da rua Beritânia. Quando chegou à porta, mais ou menos à hora do jantar, havia ali os sinais costumeiros: casa nova, jardim viçoso, luz elétrica brilhando através das janelas. Contudo, quando o proprietário chegou, um abalo esperançoso, mas também receoso, correu pelo corpo de Keawe, porque ali estava um jovem, pálido feito cadáver, olhos fundos e pisados, cabelo caindo e um ar em sua fisionomia como deve ter o homem que espera pela forca.

"Aqui está, com certeza", pensou Keawe, indo direto ao assunto.

— Vim para comprar a garrafa — disse ele.

Ouvindo aquilo, o jovem *haole* da rua Beritânia cambaleou, amparando-se à parede.

— A garrafa! — arquejou ele. — Comprar a garrafa!

Então, pareceu estar sufocado e, agarrando Keawe pelo braço, levou-o para um aposento, onde serviu dois copos de vinho.

— Com todo o respeito — disse Keawe, que em tempos frequentara muito os *haoles*. — Sim — acrescentou —, vim comprar a garrafa. Qual é o preço, agora?

Ouvindo aquilo o moço deixou que o copo escorregasse entre seus dedos e olhou Keawe como um fantasma.

— O preço — disse ele —, o preço! Não sabe qual é o preço?

— É o que lhe estou perguntando — replicou Keawe. — Mas por que parece tão preocupado? Há alguma coisa de mal a propósito do preço?

— Caiu muitíssimo em valor desde seu tempo, sr. Keawe — disse o jovem, gaguejando.

— Bem, bem, assim terei de pagar menos por ela — falou Keawe. — Quanto lhe custou?

O jovem estava branco como um lençol.

— Dois centavos — disse.

— Quê? — exclamou Keawe. — Dois centavos? Então, só lhe é possível vendê-la por um. E quem for comprá-la...

As palavras morreram na língua de Keawe. Quem comprasse a garrafa não poderia vendê-la de novo. Assim, ela e seu diabrete deveriam ficar com o comprador até que ele morresse e, quando isso acontecesse, levariam-no diretamente para os vermelhos confins do inferno.

O jovem da rua Beritânia tombou de joelhos.

— Pelo amor de Deus, compre-a! — exclamou. — Poderá ainda levar junto com ela toda a minha fortuna. Eu estava desesperado quando a comprei por aquele preço. Tinha me apoderado de dinheiro na loja em que trabalhava. De outra forma estaria perdido, iria para a cadeia.

— Pobre criatura — falou Keawe — que arriscou a alma numa aventura tão desesperada e evitou o castigo de sua própria vergonha. E pensa que posso hesitar, quando tenho o amor diante de mim. Dê-me a garrafa e o troco que, tenho certeza, já está pronto. Aqui está a moeda de cinco centavos.

Era como Keawe pensara: o jovem tinha o troco preparado, numa gaveta. A garrafa mudou de dono, e os dedos de Keawe mal rodearam-lhe o gargalo e já ele murmurava o desejo de ser um homem limpo. E, realmente, ao chegar em casa, despindo-se diante de um espelho, verificou que sua carne tornara-se imaculada como a de uma criança. E foi então que aconteceu uma coisa estranha: mal testemunhara aquele milagre e sua mente transformou-se, já não dava importância alguma à hanseníase e bem pouca a Kokua. Um único pensamento prevalecia, que era o de estar ligado ao diabrete da garrafa pela eternidade. Seu futuro era tornar-se, para sempre, um punhado de cinzas nas chamas do inferno. Diante de si via tais chamas arderem, com os olhos da mente, e sua alma encolhia-se, a sombra tombando sobre a luz.

Quando Keawe acalmou-se um pouco mais, percebeu que era noite e que uma banda tocava no hotel. Foi ver de que se tratava, pois temia a solidão, e ali, entre um grupo de pessoas de rostos felizes, caminhou de cá para lá, ouviu as canções subir e descer, e, durante todo o tempo, ouviu também as chamas estalando, o fogo vermelho ardendo no abismo sem fundo. De repente, a banda tocou o "Hiki-ao-ao", canção de amor que ele cantara com Kokua, e a veia da coragem tornou a palpitar nele.

— Agora já está feito — pensou — e mais uma vez devo tomar o mau como o bom.

Assim, aconteceu que ele voltou para o Havaí com o primeiro navio, e logo que pôde estava casado com Kokua, levando-a para a vertente da montanha, para a Casa Brilhante.

Acontecia com aqueles dois que, juntos, o coração de Keawe se tranquilizava. Assim que ficava sozinho, porém, tombava em horrorizada tristeza: ouvia as chamas estalarem e via o fogo rubro a arder no abismo insondável. A moça, realmente, tinha vindo para ele em entrega completa. O coração lhe saltava no peito quando o via, sua mão agarrava-se à dele. E era feita de tal maneira, desde o cabelo de sua cabeça até as unhas de seus pés, que ninguém poderia vê-la sem alegria. Sua natureza era agradável e sempre usava uma palavra gentil. Vivia repleta de canções e caminhava de cá para lá, na Casa Brilhante; era a coisa mais brilhante que havia nos três andares, gorjeando como os pássaros. E Keawe contemplava-a e ouvia-a com deleite, para em

seguida encolher-se sobre um dos flancos, chorando e gemendo ao pensar no preço que pagara por ela. Depois, enxugava os olhos e lavava o rosto, e sentava-se com ela nas amplas sacadas, cantando com a moça, respondendo-lhe aos sorrisos com o espírito dolorido.

Chegou um dia em que os pés dela começaram a fazer-se pesados e suas cantigas mais raras. E agora não era apenas Keawe quem chorava às escondidas, mas cada qual se escondia do outro em sacadas separadas, com toda a largura da Casa Brilhante de permeio. Keawe estava tão afundado em seu desespero que mal observou a mudança, alegrando-se por dispor de mais horas para ficar a sós, cismando sobre seu destino, não precisando, assim, forçar um coração doente a levar sorrisos ao rosto. Um dia, porém, caminhando silenciosamente pela casa, ouviu o som de um pranto infantil e encontrou Kokua rolando sobre o piso da sacada, chorando como alma perdida.

— Fazes bem em chorar nesta casa, Kokua — disse-lhe ele. — Entretanto, eu arrancaria a cabeça do corpo para que pelo menos tu fosses feliz.

— Feliz! — exclamou ela. — Keawe, quando vivias sozinho nesta Casa Brilhante, só se falava de ti na ilha como de um homem feliz. O riso e as canções estavam em tua boca e teu rosto brilhava como o sol nascente. Casaste, então, com a pobre Kokua, e o bom Deus saberá o que há de errado nela, pois desde esse dia nunca mais sorriste. Oh!

— exclamou ela — Que me aflije? Pensei ser bela e sabia que o amava. Que me aflije, para que assim sobre meu marido paire uma nuvem?

— Pobre Kokua — disse Keawe, sentando-se ao lado dela e tentando segurar-lhe a mão, que ela recusou. — Pobre Kokua — repetiu. — Minha pobre menina, minha linda. E durante todo este tempo supus te deixar sossegada! Bem, saberás tudo. Pelo menos terás pena do pobre Keawe e compreenderás o quanto ele te amou, posto que desafiou o inferno para possuir-te, e o quanto te ama ainda, o pobre condenado, pois ainda pode forçar um sorriso, ao contemplar-te.

Com isso, contou-lhe tudo, do princípio ao fim.

— Fizeste isso por mim? — exclamou ela. — Bem, então nada mais me importa! — continuou, batendo as mãos e chorando.

— Ah! Criança — disse Keawe. — Eu, ao considerar o fogo do inferno, importo-me muito!

— Não me digas jamais que um homem pode perder-se por ter amado Kokua, sem qualquer outra falta. Digo-te, Keawe, que te salvarei com estas mãos, ou morrerei em tua companhia. Quê! Pois tu me amaste a ponto de dar por mim a tua alma e pensas que em troca não morrerei para salvar-te?

— Ah! Minha querida, poderás morrer cem vezes, que diferença faria isso? — exclamou ele. — Apenas ficaria solitário até que chegasse o dia da minha danação.

— Nada sabes — falou a moça. — Mas eu fui educada numa escola de Honolulu e não sou uma jovem comum. E digo-te que salvarei meu amado. Que foi que disseste a respeito do tal centavo? Mas nem todo o mundo é americano. Na Inglaterra existe uma moeda chamada *farthing*, que vale mais ou menos meio centavo. Ah! Desgraça! — continuou ela. — Isso pouco adianta, pois o comprador ficaria perdido e não encontraremos ninguém tão corajoso quanto o meu Keawe! Mas há a França, onde uma pequena moeda vale mais ou menos um quinto de centavo. Não poderíamos encontrar nada melhor. Vem, Keawe, vamos às ilhas francesas. Vamos para o Taiti, tão depressa quanto nos puderem levar os navios. Ali temos um quinto, um quarto, um terço e meio centavo. Quatro vendas possíveis a fazer. E seremos dois para forçar a venda. Vem, meu Keawe! Beija-me e afasta as preocupações. Kokua te defenderá.

— Dádiva de Deus! — exclamou ele. — Não posso pensar que Deus queria me castigar por te desejar tanto! Façamos o que desejas, então, leva-me para onde quiseres. Ponho minha vida e minha salvação em tuas mãos.

Bem cedo, no dia seguinte, Kokua estava fazendo seus preparativos. Apanhou a arca do tempo em que Keawe era marinheiro e, antes de mais nada, colocou num canto dela a garrafa, enchendo-a depois com suas roupas mais ricas e os enfeites mais vistosos de sua casa.

— Porque — explicava ela — devemos mostrar que somos

pessoas ricas, senão ninguém acreditará na garrafa.

Durante todo o tempo em que se preparou esteve alegre como um pássaro e só quando olhava para Keawe as lágrimas saltavam-lhe dos olhos e ela corria a beijá-lo. Quanto a Keawe, tirara um peso da alma. Agora que ela compartilhava de seu segredo e havia, afinal, alguma esperança, parecia homem novo, os pés calcando a terra com leveza, respirando novamente com facilidade. O terror, contudo, ainda estava a seu lado, e a cada vez que o vento apagava uma candeia, a esperança morria nele, pois via as chamas vacilarem e o fogo vermelho arder no inferno.

Disseram, pela região, que iam à passeio aos Estados Unidos, o que todos acharam uma coisa estranha – entretanto, não tão estranha quanto a verdade, se dela suspeitassem. Foram para Honolulu no Hall, e dali no Umatilla para São Francisco, com uma porção de *haoles*. Em São Francisco tomaram passagem no veleiro Pássaro Tropical, dirigindo-se a Papeete, o ponto principal francês nas ilhas do sul. Dali seguiram, depois de agradável viagem, num belo dia de ventos alísios, em que viram o mar rebentar nos recifes e Motuiti com suas palmeiras, escunas ancoradas, e as casas brancas da cidade descendo pelo terreno através das densas árvores, acima das montanhas do Taiti, a ilha ilustre.

Acharam mais sensato alugar uma casa, o que fizeram, na frente do Consulado Britânico, e exibir muito dinheiro, tornando-se notáveis pelas carruagens e cavalos. Foi muito fácil fazer isso tudo, pois estavam de posse da garrafa – e Kokua, mais audaciosa do que Keawe, não hesitava em chamar pelo diabrete, mesmo quando precisava de vinte ou cem dólares. Assim, depressa foram observados na cidade, e os estrangeiros vindos do Havaí, seus cavalos e carruagens, os belos *holokus* e as ricas rendas de Kokua, depressa foram assunto de muitas conversas.

Logo se acomodaram à língua taitiana, que realmente se parece com a havaiana, pela mudança de certas letras. E assim que tiveram liberdade para falar, começaram a oferecer a garrafa. Deveis considerar que não se tratava de um objeto de fácil negociação. Não era fácil persuadir as pessoas de que se está muito bem, quando se lhes oferece por quatro centavos a fonte inesgotável da riqueza e da saúde. Além disso, era necessário explicar os perigos da garrafa. Assim, ou as pessoas não acreditavam e riam de tudo aquilo, ou assustavam-se com o aspecto sombrio da questão, afastando-se de Keawe e Kokua, "aquelas criaturas que negociavam com o demônio". Em lugar de ganhar terreno, os dois começaram a perceber que estavam sendo evitados na cidade. As crianças gritavam, fugindo deles, coisa intolerável para Kokua. Os católicos persignavam-se ao passar, e todas as pessoas, como que combinadas, começaram a fugir de seus convites.

A depressão tombou sobre seus espíritos. Sentavam-se a noite inteira em sua nova casa, depois de um dia cansativo, sem trocar palavra. Ou o silêncio era interrompido por súbita crise de soluços de Kokua. Às vezes rezavam juntos, às vezes colocavam a garrafa no chão e ficavam ali toda a noite, observando a sombra que vacilava no centro dela. Nessas ocasiões temiam ir descansar. O sono demorava-se a chegar e quando um deles cedia à sonolência era para acordar logo depois e encontrar o outro chorando silenciosamente no escuro ou, talvez, para acordar sozinho, o outro tendo fugido da casa e da vizinhança daquela garrafa, a fim de caminhar sob as bananeiras do pequeno jardim ou perambular pela praia à luz do luar.

Foi assim que Kokua acordou em uma noite. Keawe não estava ali. A moça apalpou o lugar do marido no leito e viu que estava frio. O medo apoderou-se dela, que se sentou na cama. Um pouco de luar filtrava-se através dos postigos. O quarto estava claro e ela podia ver a garrafa sobre o piso. Lá fora ventava muito, as grandes árvores da avenida gemiam alto e as folhas tombavam, chocalhando na varanda. No meio disso tudo Kokua distinguiu outro som: se vinha de animal ou de homem ela mal poderia precisar, mas era um som triste como a morte, que feriu-lhe até a alma. Calada, ela se levantou e olhou para o pátio inundado de luar. Ali, sob as bananeiras, Keawe, a boca apoiada ao chão de terra, deitara-se, gemendo.

A primeira intenção de Kokua foi correr e consolá-lo. O segundo pensamento deteve-a. Keawe se comportara diante da esposa como um bravo e ficava-lhe mal aparecer como intrusa no momento de sua fraqueza. Assim, ela recuou para dentro de casa.

"Céus", pensou, "como tenho sido descuidada e fraca! É ele, e não eu, quem está diante desse perigo eterno. Foi ele, e não eu, quem tomou a maldição sobre sua alma. Foi por mim, e por amor de uma criatura tão pouco digna e que bem pouco o auxilia, que ele se sente agora tão próximo das chamas do inferno e aspira-lhes a fumaça, deitado ali, sob o vento e o luar. E serei eu tão dura de entendimento para nunca ter visto, até agora, onde estava meu dever, ou já o vi antes e coloquei-o de lado? Mas agora, pelo menos, tomo minha alma com as duas mãos de meu afeto, agora digo adeus aos alvos degraus do céu e aos rostos expectantes de meus amigos. Amor por amor, que o meu se iguale ao de Keawe! Alma por alma, que seja a minha a perecer!"

Era mulher hábil com suas mãos e depressa estava arranjada. Apanhou o troco — os preciosos centavos que trazia sempre junto de si, pois que tais moedas são pouco usadas e eles tinham feito provisão delas na repartição do governo. Quando saiu para a avenida, as nuvens vinham tocadas pelo vento e a lua fora coberta. A cidade dormia e Kokua não sabia para que lado se dirigir até que ouviu uma tosse, entre as sombras das árvores.

— Velho — falou ela —, que fazes aqui fora nesta noite fria?

O velho mal podia falar, tal era a sua tosse, mas ela conseguiu entender que se tratava de alguém idoso e pobre, estrangeiro na ilha.

— Queres prestar-me um serviço? — indagou Kokua. — Como um estrangeiro a outro estrangeiro, como um velho a uma jovem, queres ajudar uma do Havaí?

— Ah! — disse o velho. — Então tu és a feiticeira das oito ilhas e até mesmo minha alma tentas confundir. Mas ouvi falar de ti e desafio tua perversidade.

— Senta-te aqui — disse Kokua — e deixa-me contar-te uma história.

E contou-lhe a história de Keawe, do princípio ao fim.

— E agora — disse — sou a esposa dele, a esposa que ele comprou com a paz de sua alma. E que posso fazer? Se eu lhe oferecesse para comprar diretamente a garrafa ele recusaria. Mas se fores tu, ele aceitará alegremente. Eu te esperarei aqui. Tu a comprarás por meio centavo, e eu tornarei a comprá-la de ti por um terço de centavo. E que o Senhor dê forças a uma pobre moça!

— Se o que dizes é falso — falou o ancião —, penso que Deus te ferirá de morte.

— Ele fará isso! — exclamou Kokua. — Podes estar certo. Eu não poderia ser assim traidora, Deus não o permitiria.

— Dá-me meio centavo e espera-me aqui — disse o velho.

Kokua, enquanto esperava sozinha na rua, sentia sua energia morrer. O vento rosnava entre as árvores e aquilo lhe parecia o rugir das chamas do inferno. As sombras suspendiam-se sobre a luz da lâmpada da rua, feito as mãos ávidas dos filhos do mal. Se tivesse forças, teria fugido; se tivesse voz, teria gritado. Mas, na verdade, não podia fazer uma coisa nem outra, e ali ficou, tremendo, na avenida, como um bicho acuado.

Então viu que o velho regressava e trazia a garrafa na mão.

— Fiz o que me pediste — falou ele. — Deixei teu marido chorando como uma criança de tanto alívio: esta noite ele dormirá bem.

E estendeu-lhe a garrafa.

— Antes que me dê a garrafa — arquejou Kokua —, recebe o bom com o mau e pede que te livrem dessa tosse.

— Sou velho — disse o outro — e estou próximo demais das portas da sepultura para aceitar favores do diabo. Mas que é isto? Por que não apanhas a garrafa, por que hesitas?

— Não hesito! — gritou Kokua. — Apenas sinto-me fraca. Dá-me um momento. São minhas mãos que resistem, é minha carne que recua desse maldito objeto. Um momento, apenas!

O ancião olhou bondosamente para Kokua.

— Pobre criança! — disse ele. — Tens medo e tua alma te trai. Bem, deixa-me ficar com a garrafa. Sou velho, jamais poderei ser feliz neste mundo, e quanto ao outro...

— Dá-me isso! — arquejou Kokua. — Aqui tens teu dinheiro. Pensas que sou assim tão vil? Dá-me a garrafa.

— Deus te abençoe, criança — falou o ancião.

Kokua escondeu a garrafa sob seu *holoku*, disse adeus ao velho e caminhou pela avenida, sem se importar por onde ia. Todos os caminhos, agora, eram iguais para a jovem, levando-a igualmente para o inferno. Às vezes caminhava e às vezes corria. Às vezes gritava dentro da noite, às vezes deitava-se na calçada, sobre o pó, e chorava. Tudo quanto ouvira a respeito do inferno voltava-lhe à memória: via as chamas arderem, sentia o cheiro da fumaça, e sua carne ressecava como que junto dos carvões ardentes.

Ao aproximar-se o dia ela recuperou a razão e voltou para a sua casa. Era mesmo o que o ancião dissera: Keawe dormia, com o pesado sono de uma criança. Kokua ficou de pé a olhar o rosto dele.

— Agora, meu marido — disse ela —, é tua vez de dormir. Quando acordares, será tua vez de cantar e rir. Mas para a pobre Kokua, ai dela, que não pensou no mal, para a pobre Kokua não haverá mais sono, nem canções, nem alegrias, na terra ou no céu.

Com isso deitou-se na cama, ao lado dele, e seu desespero era tão grande que a moça tombou profunda e instantaneamente adormecida.

Mais tarde, pelo correr da manhã, o marido acordou-a para dar-lhe as boas notícias. Parecia louco de alegria, pois não deu atenção à angústia da moça, apesar de que ela mal a ocultava. As palavras pegavam-se-lhe à boca, por mais que Kokua quisesse evitá-lo. Keawe falou todo o tempo. Ela nada comeu, mas como poderia o marido observar tal coisa? Keawe limpou os pratos com seu apetite. Kokua via-o e ouvi-o, como coisa estranha num sonho. Havia ocasiões em que ela esquecia ou duvidava, e levava as mãos à fronte. Saber-se condenada e ouvir o esposo a tagarelar era algo tão monstruoso!

Durante todo o tempo Keawe comeu e falou, planejando a volta ao lar e agradecendo-lhe tê-lo salvo, agradando a esposa, chamando-a de verdadeira auxiliadora, afinal. Ria-se do velho que fora tolo o bastante para comprar aquela garrafa.

— Parece ser um homem digno — disse Keawe —, mas não se pode julgar pelas aparências. Para que desejaria a garrafa aquele velho réprobo?

— Meu esposo — disse Kokua, humildemente —, talvez seu propósito fosse bom.

Keawe riu, como homem encolerizado.

— Conversas! Um velho patife, é o que estou te dizendo, e um velho idiota, ainda por cima. Porque se bastante dificuldade tivemos para vender a garrafa por meio centavo, por um terço, será inteiramente impossível. A margem não é larga o bastante, aquela coisa começa a cheirar a queimado... brrr! — disse ele, estremecendo. — É verdade que eu próprio a comprei por um centavo, sem nem saber que havia moedas de valor ainda menor. Fiz uma loucura e paguei por ela. Nenhum outro o fará, e seja quem for que tenha agora a garrafa terá que ir com ela para as profundezas do inferno.

— Ó meu marido! — exclamou Kokua. — Não é uma coisa horrível salvar-se a gente em troca da ruína eterna de outro? Parece-me que de tal coisa eu não poderia rir. Iria sentir-me humilde. Ficaria cheia de melancolia. Rezaria pelo pobre portador do maldito objeto.

Então, Keawe, por perceber que ela estava com a razão ficou ainda mais encolerizado.

— Nada disso! — exclamou ele. — Se quiseres, enche-te tu de melancolia. Não acho que uma boa esposa deva proceder assim. Se pensares um pouco em mim, ficarás envergonhada.

Assim, saiu, e Kokua ficou a sós.

Que possibilidade teria ela de vender a garrafa a dois centavos? Nenhuma, bem percebia. E, se alguma tivesse, ali estava o marido a apressá-la de volta a um país onde não havia moeda alguma abaixo de um centavo. E ali, no dia seguinte de seu sacrifício, eis que o esposo a deixava, censurando-a.

Ela nem sequer tentou aproveitar o tempo que ainda lhes restava, ficou na casa e pôs-se a contemplar a garrafa com imenso pavor, escondendo-a depois, com ódio, longe de sua vista.

Mais tarde Keawe voltou e quis que ela fosse passear de carro.

— Meu marido, estou doente — disse ela. — Estou desanimada. Desculpa-me. Eu não teria prazer nisso.

Então, Keawe ficou mais zangado do que nunca com ela, por pensar que a esposa só pensava no ancião – e consigo mesmo por saber que ela estava certa, levando-o a envergonhar-se de se sentir tão feliz.

— Essa é a tua fidelidade — exclamou ele — e a tua afeição! Teu esposo acaba de ser salvo da ruína eterna, que encontrou por amor de ti, e não podes ter prazer num passeio de carro! Kokua, tens o coração desleal!

Saiu de novo, furioso, e perambulou pela cidade o dia inteiro. Encontrou amigos, bebeu com eles, alugaram todos uma carruagem e percorreram a região do campo, onde tornaram a beber. Durante todo o tempo Keawe sentia-se constrangido por divertir-se enquanto a esposa se sentia triste, e porque no fundo de seu coração sabia que Kokua estava mais certa do que ele. Aquele conhecimento só fazia com que bebesse ainda mais.

Bem, havia um velho e brutal *haole* bebendo com ele, que fora mestre de equipagem de um navio baleeiro – desertor, garimpeiro, antigo degredado. Tinha mente baixa e boca imunda. Gostava de beber e de ver os demais se embriagar, e insistia com Keawe para que bebesse. Depressa o grupo estava sem dinheiro.

— Vamos — disse o mestre de equipagem —, tu és rico, estás sempre dizendo isso. Tens uma garrafa ou outra idiotice parecida.

— Sim — disse Keawe —, sou rico. Vou buscar dinheiro com minha esposa, que é quem o guarda.

— É má ideia, companheiro — falou o mestre de equipagem. — Nunca se deve confiar numa anágua quando se trata de dólares. Elas são falsas como a água. Ficas de olho nela.

Aquelas palavras cravaram-se na mente de Keawe, cujo entendimento se ofuscara com toda a bebida que absorvera.

"Não me admiraria que ela fosse falsa, realmente", pensou. "Porque, a não ser por isso, estaria ela tão abatida com a minha libertação? Mas vou mostrar-lhe que não sou homem para ser enganado. Vou apanhá-la em flagrante."

Com isso, quando voltaram à cidade, Keawe pediu ao mestre de equipagem que o esperasse na esquina, junto do velho calabouço, e seguiu sozinho pela avenida, até a porta de sua casa. A noite descera novamente e havia luz dentro da casa, mas nenhum som. Keawe introduziu-se furtivamente, dobrando a esquina e abrindo devagar a porta dos fundos. Olhou para dentro.

Ali estava Kokua sentada no chão, a lâmpada a seu lado. Diante dela jazia a garrafa leitosa, com o bojo redondo e o gargalo comprido. Olhando para aquilo a moça torcia as mãos.

Por muito tempo ficou Keawe ali, contemplando-a. De início,
olhava estupefato, depois temeu que a compra tivesse sido anulada e que a garrafa tivesse voltado para ele, como acontecera em São Francisco. Sentiu os joelhos fracos, ao pensar isso, e a embriaguez abandonou-lhe a cabeça, como a névoa deixa o rio pela manhã. Pensou outra coisa, então, e foi um pensamento estranho, que fez suas faces arderem.

"Preciso assegurar-me disso", pensou.

Fechou, assim, a porta, deu de novo a volta, e tornou a vir, ruidosamente, como se só então regressasse. E — oh! — quando abriu a porta da frente a garrafa já ali não estava. Kokua, sentada numa cadeira teve um sobressalto, como se acordasse naquele momento.

— Bebi o dia inteiro e diverti-me — disse Keawe. — Andei com bons camaradas e agora só voltei para apanhar dinheiro, pois voltarei a beber e pandegar de novo com eles.

Tanto a voz como o rosto dele mostravam-se severos como um julgamento, mas Kokua estava perturbada demais para observar tal coisa.

— Fazes bem em usar o que é teu, meu marido — disse ela e suas palavras saíam trêmulas.

— Oh! Eu faço bem em todas as coisas — disse Keawe, dirigindo-se diretamente para o cofre e apanhando dinheiro. Olhou então para o canto onde costumava guardar a garrafa, mas ela não estava mais ali. Entendeu que Kokua a havia escondido.

Com isso, o cofre ondulou diante de sua vista como que erguido por um vagalhão do mar, e a casa girou em torno dele tal grinalda de fumaça, pois viu que agora era ela quem estava perdida e sem escapatória.

"É o que eu temia", pensou. "Foi ela quem comprou a garrafa."

Então, acalmou-se um tanto e levantou-se, mas o suor descia-lhe pelo rosto, espesso como chuva e frio como água de poço.

— Kokua — disse ele —, eu te disse hoje coisas muito feias. Agora volto a encontrar-me com meus joviais companheiros...

Ria baixinho e continuou:

— Terei mais prazer no copo se me perdoares.

Num momento ela abraçou-se aos joelhos do esposo, beijando-os, enquanto as lágrimas corriam abundantemente.

— Oh! — exclamou — eu pedia apenas uma boa palavra!

— Nunca mais falaremos asperamente um com o outro — disse Keawe saindo da casa.

Bem, o dinheiro que Keawe tomara fora apenas algumas moedas de um centavo das que tinham guardando quando de sua chegada. Estava certo de que não iria beber. Sua esposa dera a alma por ele, agora era preciso que fizesse o mesmo por ela. Não tinha outro pensamento.

Na esquina, junto do velho calabouço, estava o mestre de equipagem, à espera.

— Minha esposa tem a garrafa — disse Keawe — e, a não ser que me ajudes a recuperá-la, não teremos mais dinheiro nem mais bebida esta noite.

— Não estás querendo dizer que o que disseste sobre a tal garrafa foi a sério? — exclamou o mestre de equipagem.

— Bom, estou sob a luz deste poste, olhe bem para o meu rosto. Vê se te parece que estou de brincadeira.

— É verdade — falou o homem. — Pareces sério como um fantasma.

— Está bem, então — disse Keawe. — Aqui tens um quarto de centavo: deves ir à minha casa e oferecer este um quarto à minha mulher pela garrafa, que, se não estou enganado, te dará instantaneamente. Traga-me aqui e eu a comprarei de volta por um quinto de centavo, pois há uma lei em virtude da qual aquela garrafa deve ser vendida sempre por quantia menor. Mas, haja o que houver, não digas uma só palavra a meu respeito, não digas que fui eu quem te mandou lá.

— Companheiro, não estás querendo me fazer de tolo? — perguntou o mestre de equipagem.

— Se estou, isso não te fará mal — respondeu Keawe.

— Isso é verdade, companheiro — disse o outro.

— E se duvidas de mim — acrescentou Keawe —, podes tentar. Assim que tiveres saído da casa, deseje ver teu bolso cheio de dinheiro, ou ganhar uma garrafa do melhor rum, o que quiseres, e verás quais as virtudes da garrafa.

— Muito bem, havaiano — falou o mestre de equipagem —, tentarei. Mas se estás divertindo-te à minha custa, eu me divertirei à tua com um punhal.

Assim, o homem do baleeiro foi subindo a avenida e Keawe ficou à espera dele. Tratava-se mais ou menos do mesmo lugar onde Kokua esperara na noite da véspera. Keawe, porém, estava mais resolvido e não sentia fraqueza em relação ao seu propósito. Apenas sua alma amargurava-se em desespero.

Pareceu-lhe ter esperado muito quando ouviu uma voz cantando na escuridão da avenida. Viu que se tratava do mestre de equipagem, mas pareceu-lhe estranho que ele tivesse podido embriagar-se assim tão repentinamente.

Logo depois o homem aparecia, cambaleando, sob a luz da lâmpada. Trazia a garrafa do diabo dentro do paletó, que abotoara. Na mão dele havia outra garrafa e ele a levava à boca, bebendo dela, quando surgiu à luz.

— Trouxeste — disse Keawe. — Vejo que trouxeste.

— Fora com essas mãos! — gritou o mestre de equipagem, dando um salto para trás. — Se deres um passo para junto de mim eu te rebentarei a boca. Pensaste que podias me fazer de otário, não foi?

— Que queres dizer? — exclamou Keawe.

— Que quero dizer? — falou o outro. — Esta garrafa é muito boa! Isto é o que eu quero dizer. Não sei como a obtive por um quarto de centavo, mas tu podes estar certo de que não a terás por nada.

— Queres dizer que não a venderás? — arquejou Keawe.

— Não venderei, não, senhor! — exclamou o mestre de equipagem. — Mas deixo que bebas um gole do rum, se quiseres.

— Eu te aviso que o homem que ficar com essa garrafa irá para o inferno — disse Keawe.

— De qualquer maneira eu vou mesmo para o inferno — replicou o marinheiro. — E esta garrafa é a melhor coisa que encontrei até agora para carregar comigo. Não, senhor! — exclamou ele de novo. — Esta garrafa agora é minha e tu podes ir pescar outra.

— Será verdade? — exclamou Keawe. — Por amor de ti próprio, eu te conjuro, venda-me!

— Não dou importância nenhuma à tua conversa — replicou o homem. — Pensaste que eu fosse um tolo, mas vês que não sou. E aqui terminamos. Se não queres um gole do rum, eu o tomarei à tua saúde. E boa noite!

Assim lá foi ele, descendo a avenida em direção à cidade, e com ele se foi a história da tal garrafa.

Keawe correu para os braços de Kokua, ligeiro como o vento, e grande foi a alegria de ambos naquela noite. E grande, desde então, foi a paz de todos os dias daqueles apaixonados, na Casa Brilhante.

MARKHEIM

— Sim — disse o negociante —, tiramos muita vantagem. Alguns fregueses são ignorantes, então eu recebo um dividendo pelo meu conhecimento superior. Alguns são desonestos — e então ergueu a vela, de forma a iluminar fortemente seu visitante — e nesse caso — continuou — tiro proveito da minha virtude.

Markheim tinha acabado de entrar, vindo da rua iluminada pelo dia, e seus olhos ainda não se haviam acomodado à mistura de claridade e sombras que reinava na loja. Ouvindo aquelas palavras intencionais e diante da presença tão próxima da chama, piscou várias vezes, desviando os olhos.

O vendedor riu sacudidamente.

— O senhor vem ter comigo no Dia de Natal — recomeçou ele —, quando sabe que estou sozinho em minha casa, que fechei o guichê, e que faço questão de recusar negócios. Bem, terá que pagar por isso. Terá que pagar pela perda do meu tempo, posto que eu devia estar trabalhando nos livros, fazendo o balanço. Terá que pagar, além disso, por uma certa maneira que hoje observo com bastante clareza no senhor. Sou a essência da discrição e não faço perguntas constrangedoras, mas quando um freguês não pode olhar-me nos olhos, deve pagar por isso.

Mais uma vez o negociante riu com gosto. Voltando a usar seu habitual tom de negócios, embora em sua voz ainda houvesse uma nota irônica, disse:

— O senhor pode dar, como de costume, uma explicação clara de como veio a tomar posse do objeto? Ainda mais em tratando-se da cristaleira de seu tio, um notável colecionador, cavalheiro?

E o negociante, pequenino e pálido, de ombros arredondados, ficou quase na ponta dos pés, olhando por cima do aro de seus óculos de ouro, balançando a cabeça com expressão de pura descrença. Markheim devolveu-lhe o olhar com outro, onde havia infinita piedade e uma centelha de horror.

— Desta vez — disse ele — o senhor está errado. — Não vim vender, vim comprar. Não trago nada de interessante de que possa dispor e a cristaleira de meu tio está vazia de cima a baixo. Mesmo que ainda estivesse intacta, eu tive sorte na Bolsa de Valores e antes acrescentaria em vez de subtrair o que ali houvesse. Minha visita de hoje é a própria simplicidade. Procuro um presente de Natal para uma dama — continuou ele, falando com mais fluência à proporção que entrava pelas falas que preparara. — Certamente, devo desculpar-me com o senhor por incomodá-lo em assunto tão insignificante. Mas não tratei disso ontem e devo fazer meu pequeno cumprimento pela hora do jantar. E, como o senhor deve saber muito bem, casamento rico não é coisa que se ponha de lado.

Seguiu-se uma pausa, durante a qual o negociante pareceu um tanto incrédulo a respeito daquela declaração. O tique-taque de vários relógios, entre a curiosa confusão da loja, e o ruído abafado dos carros que passavam pela avenida próxima encheram o intervalo de silêncio.

— Bem, senhor — disse o negociante —, que seja assim. Afinal, o senhor é um velho freguês e se, como diz, tem a oportunidade de fazer um bom casamento, longe de mim a ideia de ser um obstáculo. Aqui tem um objeto digno de uma dama — continuou ele —, este espelho de mão do século XV, garantido. Vem de uma boa coleção, também, mas eu escondo o nome, por interesse de meu freguês, que, como o senhor, caro cavalheiro, era o sobrinho e herdeiro único de um notável colecionador.

O negociante, enquanto falava, com sua voz seca e mordente, curvou-se para pegar o tal objeto. Naquele momento, um arrepio violento atravessou Markheim, dos pés às mãos, num súbito tumultuar de numerosas paixões a invadir-lhe o rosto. Aquilo passou tão depressa quanto surgira, sem deixar mais vestígios do que um tremor na mão que agora recebia o espelho.

— Um espelho? — disse ele, com voz rouca. Depois parou e repetiu, mais claramente: — Um espelho? Para Natal? Acha bem?

— E por que não? — exclamou o negociante. — Por que não um espelho?

Markheim olhava para ele com expressão indefinível.

— E ainda pergunta-me por quê? — disse ele. — Bem... olhe... olhe aqui... olhe para seu próprio rosto! Gosta dele? Não! Nem eu... nem qualquer outro homem.

O homenzinho dera um salto para trás quando Markheim, tão de repente, pusera-lhe o espelho diante do rosto. Mas ao se dar conta de que ele nada de mais sério tinha nas mãos, riu seu riso sacudido.

— Sua futura senhora, cavalheiro, deve ser muito mal favorecida — disse ele.

— Eu lhe peço — falou Markheim — um presente de Natal e o senhor me dá este maldito relembrador dos anos, dos pecados e das loucuras, essa consciência à mão! Teve tal desejo? Há algo em sua mente? Diga-me. Será melhor para o senhor, se o disser. Vamos, fale-me a seu respeito. Vou arriscar agora uma conjectura: o senhor é, em segredo, homem bastante caridoso?

O negociante olhou com firmeza para seu interlocutor. O estranho é que Markheim não parecia estar dizendo aquilo para rir:

havia no rosto dele como que uma centelha ansiosa de esperança, nada que se parecesse a zombaria.

— Que pretende o senhor insinuar? — perguntou o negociante.

— Não é caridoso? — retorquiu o outro, de modo sombrio. — Não é caridoso, não é piedoso, não é escrupuloso. Não ama nem é amado. Tem mãos para arranjar dinheiro e um cofre de segurança para guardá-lo. E isso é tudo? Por Deus, homem, isso é tudo?

— Eu vou lhe dizer o que é — começou o negociante, com alguma aspereza. Mas de novo desatou seu riso sacudido, dizendo: — Vejo que seu noivado é noivado de amor, e o senhor deve ter estado a beber à saúde de sua amada.

— Ah! — exclamou Markheim, com estranha curiosidade. — O senhor já amou? Conte-me como foi.

— Eu? — exclamou o negociante. — Eu amando? Nunca tive tempo para isso, nem tenho tempo hoje para todas essas tolices. Quer levar o espelho?

— Por que está tão apressado? — falou Markheim. — É bem agradável ficar aqui conversando. E a vida é tão curta e tão insegura que eu não me apressaria a fugir de qualquer prazer, não, nem mesmo de um prazer tão medíocre quanto este. Deveremos antes agarrar-nos, agarrar-nos ao pouco que conseguirmos obter, como um homem à beira de um rochedo. Cada segundo é um rochedo, se pensarmos bem, um rochedo de uma milha de altura, alto o bastante para, se cairmos, apagar de nosso corpo qualquer vestígio de humanidade. Daí ser melhor conversarmos agradavelmente. Falemos um ao outro: por que teremos de usar tal máscara? Façamos confidências mútuas. Quem sabe poderíamos nos tornar amigos?

— Eu só tenho uma coisa a lhe dizer — falou o negociante. — Ou compre ou saia da minha loja.

— Tem razão, tem razão — confirmou Markheim. — Chega de tolices. Tratemos de negócios. Mostre-me alguma outra coisa.

O negociante curvou-se mais uma vez para a frente, nessa ocasião para repor o espelho na prateleira, seu cabelo claro e ralo tombando-lhe sobre os olhos enquanto fazia aquilo. Markheim aproximou-se um pouquinho mais, uma das mãos metida num bolso de seu sobretudo. Endireitou-se, encheu os pulmões de ar, enquanto diferentes emoções refletiram-se em seu rosto: terror, horror, resolução, fascinação e repulsa física. E, através de feroz repuchamento de seu lábio superior, seus dentes apareceram.

— Isto talvez possa servir — observou o negociante.

Foi quando então, enquanto ele fazia um movimento para endireitar o corpo, Markheim saltou por trás sobre sua vítima. E o punhal longo, parecido a um espeto, cintilou e feriu. O negociante debateu-se como uma galinha, golpeando com a têmpora a prateleira e tombando depois ao chão, feito uma trouxa de roupa suja.

O tempo expressava-se por meio de dezenas de pequenas vozes naquela casa de negócios. Algumas eram solenes e lentas tal como era próprio de sua antiguidade; outras, tagarelas e apressadas. Mas todas falavam dos segundos num coro intrincado de palpitações. Depois, escutou-se a passagem dos pés de um garoto, correndo pela rua, interrompendo aquelas vozes imemoráveis e levando Markheim, num sobressalto, a lembrar-se de onde estava. Olhou ao redor, apavorado. A vela continuava sobre o balcão, sua chama oscilando solenemente, ao sopro de uma corrente de ar. E, com aquele movimento insignificante, todo o aposento enchia-se de silenciosa animação, encapelando-se como o mar, as sombras altas vacilando, as grandes manchas de escuridão entumescendo e murchando, como se respirassem, os rostos nos retratos e as mercadorias de louça transformando-se e desmanchando-se tal imagens na água. A porta interna mostrava-se entreaberta e olhava para aquela conjuração de sombras, longa brecha de luz do dia a apontar como um dedo.

Daquelas sombras que o medo agitava, os olhos de Markheim voltaram para o corpo de sua vítima, alí onde jazia, curvado e espalhado, incrivelmente pequeno e estranhamente mais mesquinho do que em vida. Naquelas pobres, miseráveis roupas, em tão desgracioso gesto, o negociante jazia como um monte de serragem.

Markheim temera olhar para ele, e eis que aquilo nada era. Entretanto, enquanto olhava para aquele punhado de roupas velhas e de sangue, começou a escutar vozes eloquentes. Ali precisava jazer: não havia ninguém para fazer trabalhar as juntas astuciosas ou dirigir o milagre da locomoção, e ali teria de jazer até que fosse encontrado. Encontrado! Ai, e então? Então, aquela carne morta levantaria um clamor que ressoaria sobre a Inglaterra e encheria o mundo com ecos de perseguição. Ai, morto ou não, aquele homem era ainda o inimigo. "Tempo foi aquele em que cérebro esteve ausente", pensou ele. E a primeira palavra apegou-se-lhe à mente. Tempo, agora que a ação fora realizada, tempo, que se fechara para a vítima, tornara-se urgente e momentâneo para o assassino.

O pensamento ainda estava em sua mente, quando, primeiro um, depois o outro, com todas as variedades de ritmos e de vozes – uma profunda como o sino da torre da catedral, outra vibrando em seus tons de soprano o prelúdio de uma valsa –, os relógios anunciaram três horas da tarde.

O súbito estalar de tantas línguas naquele aposento mudo o fez cambalear. Começou a movimentar-se também, indo daqui para ali com a vela, sitiado pelas sombras movediças e apavorado até a alma pelas súbitas constatações. Em muitos ricos espelhos, alguns de desenhos nacionais, outros de Veneza ou Amsterdam, via seu rosto repetido e repetido, como se fosse um exército de espiões. Seus próprios olhos o encaravam e denunciavam, e o som de seus próprios passos, embora caminhasse levemente, feria a quietude circundante. Enquanto enchia seus bolsos, sua mente o acusava, com nauseante reiteração, das milhares de falhas de seu esquema. Ele devia ter escolhido hora mais tranquila, devia ter preparado um álibi, devia não ter usado uma faca, devia ter sido mais cauteloso, ou mesmo, devia apenas ter amarrado e amordaçado o negociante, sem matá-lo. Devia ter sido mais audacioso e matado também a criada, devia ter feito tudo ao contrário do que fizera. Arrependimento pungente; cansativo e incessante labutar da mente para modificar o que era imutável, para planejar o que agora seria inútil, para ser o arquiteto de um passado irrevogável. Entretanto, e por trás de toda aquela atividade, terrores brutais, como o correr de ratos por um pátio deserto, enchia as mais remotas câmaras de seu cérebro numa confusa algazarra. A mão do policial caía pesadamente sobre seu ombro e seus nervos saltavam como peixe fisgado. Ou via, em galopante desfile, as docas, a prisão, a forca em praça pública e o esquife negro.

Diante de sua mente, o terror da gente que passava pela rua colocou-se como um exército em cerco. Era improvável, pensava, mas talvez algum rumor da luta tivesse chegado aos ouvidos lá de fora e aguçado a curiosidade alheia. E agora, em todas as casas da vizinhança, ele adivinhava os moradores sentados, imóveis, a orelha alerta, gente solitária, condenada a passar o Natal remoendo sozinha lembranças do passado, agora subitamente arrancada àquele terno exercício. Felizes festas de família, que silenciavam bruscamente em torno da mesa, a mãe ainda com o dedo levantado: todos os graus de idade e disposição, mas todos, em seus próprios corações, bisbilhotando, ouvindo, sacudindo a corda que iria enforcá-lo. Às vezes lhe parecia que não poderia mover-se silencioso o suficiente, que o retinir daquelas altas taças da Boêmia fazia-se ouvir tão alto quanto um sino. E, alarmado com a força do ruído do tique-taque, teve ímpetos de parar os relógios. E então, novamente, com uma rápida transição de seus terrores, o próprio silêncio do lugar pareceu fonte de perigo, e coisa que devia impressionar, gelar, o passante. E pôs-se a caminhar mais a largo, movimentando-se com ruído entre o conteúdo da loja, imitando, com elaborado desafio, os gestos de um homem que está à vontade em sua própria casa.

Mas agora estava tão balançado por diferentes alarmes que, enquanto uma parte de sua mente ainda se mostrava alerta e astuciosa, outra estremecia às portas do desvario. Uma alucinação, em particular, tomou conta de sua credulidade. O vizinho prestando ouvidos atentos, o rosto pálido, ao lado de sua janela, o passante detido na calçada por uma horrenda suspeita – esses poderiam no máximo suspeitar, não poderiam saber, pois através das paredes de tijolos e das janelas fechadas só os sons passariam. Mas ali, dentro da casa, estaria ele sozinho? Sabia que estava. Tinha visto a criada sair para seu namoro, no seu pobre "melhor" vestido, certamente de folga naquele dia, pois tal coisa estava escrita em cada fita e em cada sorriso dela. Sim, estava sozinho, naturalmente, mas ainda assim, naquele silêncio de casa vazia ao redor ele, parecia ouvir o movimento de um pé delicado; sentia-se consciente, inexplicavelmente consciente de uma presença. Sim, seguramente. Em cada aposento e em cada canto da casa sua imaginação seguia aquele ruído, e agora aquilo fazia-se uma coisa sem rosto, que, entretanto, dispunha de olhos para ver. E era, de novo, uma sombra de si mesmo, e de novo observava a imagem do negociante morto, reanimada com astúcia e ódio.

De vez em quando, esforçando-se muito, relanceava os olhos para a porta aberta, que ainda parecia repelir-lhe o olhar. A casa era alta, a claraboia pequena e suja, o dia estava enevoado. A claridade que se filtrava até o andar térreo era muitíssimo fraca e luzia apagadamente no limiar da loja. Ainda assim, naquela faixa de duvidosa claridade, não havia uma sombra oscilante, a suspender-se?

De súbito, lá da rua, um cavalheiro muito jovial começou a bater com sua bengala na porta da loja, acompanhando suas pancadas com exclamações e gracejos, entre os quais o nome do negociante era repetidamente chamado. Markheim, transformado em gelo, olhou para o morto. Mas não! Ele ainda jazia, quieto. Tinha voado para bem longe daqueles gritos e daquelas pancadas. Afogara-se sob mares de silêncio. E seu nome, que outrora seria ouvido acima do uivar de uma tempestade, tornara-se um som sem significação. Logo depois o cavalheiro jovial desistiu de bater e foi embora.

Isso era um claro sinal para terminar logo o que deveria ser feito, sair daquela vizinhança acusadora e mergulhar no meio da multidão londrina para alcançar, do outro lado do dia, aquele refúgio de segurança e aparente inocência que era o seu leito. Um freguês viera: a qualquer momento poderia vir algum outro, mais obstinado. Ter feito o que fizera e não tirar disso proveito seria um fracasso por demasiado aborrecido. O dinheiro era o que agora preocupava Markheim – e como faria para encontrar as chaves.

Relanceou o olhar sobre o ombro, para a porta aberta, onde a sombra ainda se conservava, trêmula. E sem a repugnância consciente da mente, embora com certo tremor de entranhas, aproximou-se do corpo de sua vítima. O aspecto humano havia quase que desaparecido dela. Como roupa recheada com farelo, os membros jaziam espalhados, o tronco curvado, sobre o piso. Ainda assim, aquilo o repelia. Embora tão sombrio e irrelevante para os olhos, receava que fosse mais significativo ao toque. Apanhou o corpo pelos ombros e voltou-o de costas. Era estranhamente leve e flexível, e os membros, como se estivessem quebrados, tombavam nas posturas mais estranhas. O rosto fora roubado de qualquer expressão, mas estava pálido como cera e impressionantemente lambuzado de sangue em uma das têmporas. Aquela foi, para Markheim, a única circunstância desagradável. Levou-o a recordar-se, no mesmo instante, de um certo dia de feira numa aldeia de pescadores: dia cinzento, vento sibilante, uma turba pela rua, o clarão de metais, o reboar dos tambores, a voz nasal de um cantor de baladas. E ele menino andando de cá para lá, enterrado no meio da multidão, dividido entre a curiosidade e o medo, até que, chegando ao ponto principal da feira, viu uma barraca e uma grande tela com figuras, mal desenhadas, vistosamente coloridas: Brownrigg com seu aprendiz; os Mannings com seu hóspede assassinado; Weare nas garras da morte de Thurtell, e dezenas de crimes famosos, além desses. A coisa era clara como numa reprodução da realidade. De novo sentia-se um rapazinho, e de novo olhava, com o mesmo senso de revolta física, para aquelas figuras vis. Estava ainda ensurdecido pelo reboar dos tambores. Alguns compassos da música daquele dia voltaram-lhe à memória e, com aquilo, pela primeira vez, um desfalecimento apoderou-se de si, num momento de náusea, de súbita fraqueza das articulações, que ele precisou vencer e dominar no mesmo instante.

Julgou mais prudente encarar tais considerações do que fugir delas: olhando firmemente para o rosto morto, obrigando sua mente a compreender a natureza e a grandeza de seu crime. Havia tão pouco tempo que aquele rosto ainda se movia através de cada mutação de sentimento, que aquela boca pálida falava, que aquele corpo fora todo aquecido por energias governáveis. E agora, em consequência de um ato seu, aquele trecho de vida se detivera, tal como o relojoeiro faz parar, interpondo seu dedo, o tique-taque de um relógio. Assim raciocinava ele, em vão. Nem por isso podia erguer-se à altura de uma consciência mais tomada pelo remorso, e o mesmo coração que estremecera diante das efígies pintadas do crime olhava sem se comover para a sua realidade. No máximo, sentiu um relance de piedade por um homem que recebera em vão todas as faculdades que podem fazer do mundo um jardim de infância, por alguém que jamais vivera, e agora estava morto. Mas não sentia sequer um frêmito de penitência.

Com isso, sacudindo de si aquelas considerações, encontrou as chaves e dirigiu-se para a porta aberta da loja. Lá fora começara a chover forte e o som da água sobre o telhado banira o silêncio. Como cavernas, os aposentos da casa encheram-se de ecos incessantes, que se espalhavam pelo ar e misturavam-se ao som dos relógios. E, ao aproximar-se da porta, Markheim teve a impressão de ouvir, em resposta a seus próprios passos cautelosos, o pisar de outro pé recuando e subindo a escada. A sombra ainda palpitava, solta, no limiar. Pondo nos músculos uma tonelada de resolução, ele empurrou a porta.

A luz do dia, fraca e enevoada, luzia sombriamente sobre o piso despido e sobre a escada, na armadura brilhante que se postava, alabarda na mão, sobre o patamar, e nas escuras madeiras esculpidas, e nos quadros emoldurados que se penduravam contra os painéis amarelos dos lambrequins. O tombar da chuva sobre a casa toda fazia tal rumor que, nos ouvidos de Markheim, começou a ser distinguida em muitos sons diferentes. Passadas, suspiros, rumor de regimentos marchando a distância, o retinir de dinheiro em moeda ao ser contado, o estalido de portas que se entreabrem furtivamente pareciam misturar-se com o bater das gotas na cúpula e no gorgolejar das águas pelas calhas. A sensação de que não estava sozinho cresceu dentro dele até o limite da loucura. De cada lado se via assombrado e cercado por presenças. Ouvia-as, movendo-se nos quartos lá de cima; vindo da loja ouvia o rumor do morto, erguendo-se e começando a subir as escadas com grande esforço; parecia-lhe que havia pés correndo rapidamente diante dele e seguindo-o sorrateiramente por trás. Se ao menos fosse surdo, pensava, que tranquilidade sua alma sentiria! E então, de novo, prestando ouvidos com renovada atenção, felicitava-se pela posse daquele sentido inquieto que lhe

servia como posto avançado e fiel sentinela de sua vida. Sua cabeça voltava-se constantemente sobre o pescoço, seus olhos pareciam saltar das órbitas, esquadrinhando todos os lados, e encontrando em todos os lados a maior recompensa, algo sem nome que se desvanecia. Os vinte e quatro degraus que levavam ao primeiro pavimento foram vinte e quatro agonias.

Naquele primeiro andar as portas estavam entreabertas, três delas pareciam emboscadas, abalando os nervos de Markheim como gargantas de canhão. Nunca mais, sentia ele, poderia achar-se suficientemente fortalecido contra os olhos observadores dos homens. Desejava estar em sua casa, rodeado de paredes, enterrado sob a roupa de cama e invisível para todos, menos para Deus. Ao pensar nisso parou por um instante, relembrando histórias de outros assassinos e o medo que eles disseram ter suportado em relação às vinganças do céu. Com ele, pelo menos, não se dava isso. Temia as leis da natureza, não fossem elas, em sua brutal e imutável ação, conservar certas malditas evidências de seu crime. Temia dez vezes mais, com excessivo e supersticioso terror, alguma cisão na continuidade da experiência do homem, alguma espontânea ilegalidade da natureza. Fazia um jogo de habilidade, dependendo das regras, calculando as consequências pelas causas. E se a natureza, como o tirano derrotado atirara longe seu tabuleiro de xadrez, quebrasse o molde de sua sucessão? Tal coisa sucedera a Napoleão (pelo menos assim diziam os escritores) quando o inverno mudou a época de seu aparecimento. O mesmo poderia acontecer com Markheim: as paredes sólidas poderiam tornar-se transparentes e revelar sua proeza, como a das abelhas é revelada através de colmeias de vidro. As tábuas reforçadas poderiam ceder sob seus pés como areias movediças e detê-lo em seu aperto. Sim, havia acidentes ainda mais graves que poderiam destruí-lo. Se, por exemplo, a casa tombasse e o aprisionasse ao lado do corpo de sua vítima, ou a casa vizinha se incendiasse e os bombeiros invadisse-na aquela por todos os lados? Essas coisas ele temia e de certa forma essas coisas poderiam ser entendidas como a mão de Deus estendendo-se contra ele. Mas, quanto a Deus mesmo, sentia-se tranquilo: seu ato fora, sem dúvida, excepcional, mas também excepcional eram as suas escusas, e Deus as conhecia. Era ali, e não entre os homens, que ele se sentia seguro da justiça.

Quando chegou são e salvo à sala de visitas, e fechou a porta atrás de si, teve consciência de uma trégua em seus alarmes. O aposento estava bastante maltratado, sem tapetes, e por onde espalhavam-se caixas de mercadorias e mobiliário incongruente. Muitos espelhos colocados nos tremós, nos quais ele se via em vários ângulos, como ator no palco, muitos quadros, emoldurados e sem molduras, encostados com a face voltada para a parede. Um belo aparador Sheraton, um armário marchetado e uma enorme cama antiga, ornada por um dossel. As janelas abriam-se até o chão, mas, por uma grande felicidade, as portinholas inferiores estavam fechadas, escondendo-o dos vizinhos. Ali, então, Markheim puxou uma caixa de mercadorias para junto do armário e começou a experimentar as chaves. Trabalho longo, pois havia muitas – e trabalho irritante, além do mais, porque, afinal, podia bem ser que no armário nada houvesse. O tempo corria, mas a meticulosidade da operação acalmou-o. Com um movimento rápido de olhos via a porta e às vezes detia-se olhando diretamente para ela, como um comandante cercado se satisfaz ao verificar as boas condições de sua defesa. Estava em paz, porém. A chuva, tombando na rua, parecia natural e agradável. Logo depois, do outro lado, as notas de um piano acordavam, na execução de um hino, e as vozes de muitas crianças encheram o ar de palavras. Como era solene e confortável a melodia! Como se mostravam viçosas as vozes juvenis! Markheim prestou-lhes atenção, sorrindo, enquanto escolhia as chaves, e sua mente fazia-se repleta de ideias e sons correspondentes: crianças que iam para a igreja e o ressoar do grande órgão... crianças no campo... banhistas ao lado do córrego... transeuntes passeando pelos terrenos cheios de espinheiros... pipas no céu cortado pelo vento, onde as nuvens navegavam... Depois, com outra cadência do hino, voltou à igreja e à sonolência dos domingos de verão, à voz alta e bem-educada do pároco (e sorria ao relembrar aquela voz), às sepulturas jacobinas, e à inscrição meio apagada dos Dez Mandamentos, na capela.

Assim sentado, a um tempo ocupado e abstraído, teve ele um sobressalto que o pôs de pé. Fulgor gelado, fulgor ardente, jorro súbito de sangue, correram pelo corpo do homem, que ali ficou, transfigurado e palpitante. Alguém subia a escada, lenta e deliberadamente, e logo depois a maçaneta da porta era apanhada, a lingueta cedia, e a porta abria-se.

O medo sufocou Markheim como um torniquete. Não sabia o que devia esperar, se era o morto caminhando, se o oficial ministro da justiça humana, ou se alguma eventual testemunha que ali subia para enviá-lo à forca. Mas quando o rosto meteu-se pela abertura, relanceou os olhos pelo aposento, olhou para ele e cumprimentou-o, sorrindo, como que em amistoso reconhecimento, para depois recuar e fechar a porta. Libertando-se de seu medo, Markheim soltou um grito rouco. Àquele som, o visitante voltou.

— Chamou-me? — perguntou, agradavelmente. E assim dizendo entrou no aposento e fechou a porta atrás de si.

Markheim ali ficou a olhar para ele: era todo olhos. Talvez houvesse uma película sobre suas pupilas, mas o contorno do recém-chegado parecia mudar e oscilar como as imagens de santo da loja o faziam, à luz vacilante das velas. De vez em quando tinha a impressão de conhecê-lo, de vez em quando achava-o parecido consigo próprio, mas mantendo em seu íntimo, com intenso terror, a convicção de que aquela coisa não era da terra nem de Deus.

Entretanto, a criatura mostrara ar bastante comum, enquanto estava ali a sorrir para Markheim. E suas palavras tinham um tom de cotidiana cortesia, quando indagou:

— Está procurando dinheiro, penso eu?

Markheim não respondeu.

— Devo avisá-lo — continuou o outro — que a criada deixou o namorado mais cedo do que de costume e logo mais estará aqui. Se o sr. Markheim for encontrado nesta casa, não será necessário que eu lhe descreva as consequências.

— O senhor me conhece? — exclamou o assassino.

O visitante sorriu.

— De há muito o senhor é uma pessoa pela qual tenho predileção — disse ele. — De há muito que o venho observando e frequentemente tentei ajudá-lo.

— Quem é o senhor? — gritou Markheim. — O diabo?

— O que eu possa ser — replicou o outro — não pode afetar o serviço que me proponho prestar-lhe.

— Pode, sim! — exclamou Markheim. — Ser ajudado pelo senhor? Não, nunca, não pelo senhor! O senhor ainda não me conhece: graças a Deus o senhor ainda não me conhece!

— Conheço-o — replicou o visitante, com uma espécie de bondosa severidade ou, antes, firmeza. — Conheço-o até a alma.

— Conhece-me! — exclamou Markheim. — Quem pode dizer tal coisa? Minha vida não passa de um disfarce e de uma calúnia sobre mim mesmo. Tenho vivido a contradizer a minha natureza. Todos os homens fazem isso. Todos os homens são melhores do que este disfarce que lhes cresce em torno e os sufoca. Vê-se cada qual arrastado para longe pela vida, como alguém que mercenários tenham agarrado e envolvido num casaco. Se tivessem o domínio de si próprios, se fosse possível ver-lhes os rostos, seriam inteiramente diferentes, teriam o brilho que os faria heróis e santos! Eu sou pior do que a maioria. Meu eu é mais encoberto e minha desculpa só eu e Deus conhecemos. Mas, tivesse eu tempo, poderia descobrir-me.

— Para mim? — inquiriu o visitante.

— Para o senhor, antes de tudo — replicou o assassino. — Pensei que o senhor fosse inteligente. Pensei, já que você existe, que fosse um leitor de corações. Entretanto, propõe que eu seja julgado pelos meus atos! Pense nisso: meus atos! Nasci e vivi numa terra de gigantes: gigantes arrastaram-me pelos pulsos desde que nasci, tirando-me de junto de minha mãe, os gigantes das circunstâncias. E o senhor me julgaria pelos meus atos! Mas não pode olhar para dentro, então? Não pode compreender que o mal me é odioso? Não pode ver dentro de mim a escrita clara da consciência, jamais turbada por qualquer subterfúgio voluntário, embora demasiado frequentemente posta de lado? Não pode ver em mim o que seguramente deve haver de mais comum na humanidade: um pecador relutante?

— Tudo isso está dito com muito sentimento — foi a resposta. — Mas não me diz respeito. Essas questões de coerência ficam para além do meu alcance e não me preocupa de forma alguma a violência que o possa ter arrastado para longe, desde que foi levado para a direção certa. Mas o tempo voa: a criada demora-se, pois está olhando para os rostos com os quais cruza na rua e para os desenhos dos cartazes. Ainda assim, continua aproximando-se daqui, e, recorde-se, é como se a própria forca estivesse caminhando em sua direção, pelas ruas que o Natal anima! Devo ajudá-lo, eu, que tudo sei? Devo dizer-lhe onde encontrará o dinheiro?

— Qual será o preço? — indagou Markheim.

— Ofereço-lhe esse serviço como um presente de Natal — respondeu o outro.

Markheim não pôde evitar um sorriso em que havia uma espécie de amargo triunfo.

— Não — disse ele. — Nada aceitarei de suas mãos: se estivesse morrendo de sede e fosse sua a mão que a meus lábios chegasse o jarro-d'água, eu encontraria coragem para recusá-lo. Posso ser ingênuo, mas nada farei que me venha colocar em compromisso com o mal.

— Não faço objeções aos arrependimentos dos moribundos! — observou o visitante.

— Porque não acredita na eficácia deles! — exclamou Markheim.

— Não diria isso — replicou o outro —, mas vejo essas coisas de um ângulo diferente e, quando a vida termina, meu interesse desaparece. O homem vive para servir-me, para espalhar aspectos negros sob o colorido da religião, ou para semear joio no campo de trigo, como o senhor faz, quando, em sua fraqueza, cede ao desejo. Então, quando se aproxima tanto de sua libertação, só pode acrescentar um ato ao serviço: arrepender-se, morrer sorrindo, e assim fortificar a esperança e a confiança do mais medroso dos meus seguidores sobreviventes. Não sou mestre assim tão duro. Experimente. Aceite meu auxílio. Goze a vida como fez até aqui. Goze-a mais amplamente, abra suas asas e, quando a noite começar a cair e as cortinas forem fechadas, eu lhe digo, para seu maior conforto, que achará até fácil compor uma discussão com a sua consciência e fazer rastejantemente as pazes com Deus. Acabo de vir de um desses leitos de morte, em que o aposento estava cheio de pessoas sinceramente enlutadas, ouvindo as últimas palavras do homem. E quando olhei para aquele rosto, esculpido em rocha contra a piedade, vi que ele sorria de esperança.

— E supõe que eu seja uma criatura assim? — perguntou Markheim. — Pensa que eu não tenho aspirações mais generosas do que pecar, pecar, pecar e, por fim, rasteje-me feito cobra até a entrada do paraíso? Meu coração revolta-se só de pensar nisso. Esse é, então, seu conhecimento da humanidade? Ou foi por me encontrar de mãos vermelhas que imaginou tal baixeza? Este crime de morte será tão ímpio que poderá secar a própria fonte do bem?

— O assassínio, para mim, não é uma categoria especial — replicou o outro. — Todos os pecados são assassínios tal como toda a vida é guerra. Vejo sua raça como marinheiros esfaimados numa jangada, arrancando crostas das mãos da miséria e alimentando-se uns das vidas dos outros. Acompanho o pecado para além do momento em que é cometido. Encontro em todos eles, como última consequência, a morte. E a meus olhos, a criadinha bonita que contraria a mãe, com graça tão cativante, a propósito de um baile, deixa pingar de si o humano sangue coagulado, tanto quanto um assassino como o senhor. Eu disse que seguia pecados? Também sigo virtudes, que não diferem em nada, nem pela espessura de uma unha, pois ambos são foices para o ceifador que é o anjo da Morte. O mal, para o qual vivo eu, não consiste em ação, mas em caráter. O homem mau me é caro, e não o ato mau, cujos frutos, se eu pudesse segui-los até as impetuosas cataratas dos tempos, talvez se revelassem mais abençoados do que os das mais raras virtudes.

E não é por haver matado um negociante, mas por ser Makheim, que eu lhe ofereço uma forma de escapar.

— Abrirei meu coração a seus olhos — respondeu Markheim. — Este crime em que me veio encontrar é o último que cometo. Aprendi muitas lições em meu caminho para ele. Ele próprio foi uma lição, uma lição solene. Até aqui fui levado pela revolta aonde não queria ir: vivi escravizado à pobreza, arrastado e flagelado. Há virtudes robustas que podem resistir a essas tentações: a minha não era assim. Eu tinha sede de prazer. Mas hoje, por causa do que fiz, obtive ao mesmo tempo avisos e fortuna, e também o poder e uma resolução nova de ser o que sou. Tornei-me, em tudo, um ator solto no mundo: começo a me ver modificado inteiramente, estas mãos como agentes do bem, este coração em paz. Algo vem para mim, lá do passado, algo que sonhei em noites de sábado, ao som do órgão, que antecipei ao chorar sobre livros nobres, quando criança inocente, junto de minha mãe. Aí fica a minha vida. Vacilei durante alguns anos, porém vejo agora, uma vez mais, a cidade a que me destino.

— O senhor vai usar esse dinheiro na Bolsa de Valores, penso eu. — disse o visitante. — E ali, se não me engano, já perdeu alguns milhares.

— Ah! — disse Markheim —, mas desta vez tenho uma coisa segura.

— Tornará a perder, mais uma vez — falou, pausadamente, o visitante.

— Ah! Mas conservarei a metade! — exclamou Markheim.

— Também isso perderá — falou o outro.

O suor brotou na fronte de Markheim.

— Bem, então, que importa? — exclamou. — Digamos que o perca, que me veja de novo mergulhado na pobreza. Por isso, uma parte de meu ser, e a pior, continuará até o fim a suplantar a melhor? Mal e bem correm com força em mim, arrastando-me cada qual para seu lado. Não amo apenas uma coisa, amo tudo. Posso conceber grandes ações, renúncias, martírios e, embora tenha tombado em crime de morte, a piedade não é estranha aos meus pensamentos. Tenho compaixão do pobre: quem melhor do que eu conhece seus infortúnios? Compadeço-me dele, auxilio-o. Aprecio o amor, gosto do riso honesto: na terra não há coisas boas nem verdadeiras, mas eu a amo de todo o meu coração. E só meus vícios governarão minha vida e minhas virtudes ficarão sem efeito, como passivo monturo da mente? Não há de ser assim. O bem também é uma fonte de ações.

Mas o visitante ergueu um dedo.

— Durante os trinta e seis anos em que o senhor esteve no mundo — disse ele —, através de muitas modificações da fortuna e variedades de disposição, eu o tenho observado e vejo que vem decaindo constantemente. Há três anos o senhor teria empalidecido diante do nome de assassino. Há algum crime, há crueldade e abjeção dos quais ainda recue? Daqui a cinco anos eu o descobrirei em ação! Para baixo, para baixo, eis o seu caminho. Nada, a não ser a morte, poderá detê-lo.

— É verdade — disse Markheim, com voz rouca. — De certa forma e até certo ponto eu tenho contemporizado com o mal. Mas acontece isso com todos. Mesmo os santos, que, pelo simples fato de viver, tornam-se menos susceptíveis e tomam o tom do que os circunda.

— Vou propor-lhe uma questão simples — disse o outro — e quando responder eu lerei seu horóscopo moral. O senhor tornou-se mais negligente em muitas coisas e talvez tenha razão nisso. Seja como for, o mesmo acontece com muitos homens. Mas, concedendo isso, é o senhor, em um particular qualquer, por insignificante que seja, mais difícil de se agradar de sua própria conduta ou atira-se a todas as coisas com as rédeas soltas?

— Em algum particular? — repetiu Markheim, rememorando com angústia. — Não — acrescentou, desesperado —, em nenhum! Desci em tudo.

— Então — disse o visitante — contente-se com o que é, pois não mudará jamais. E as palavras do papel que terá de representar no palco da vida já estão irremediavelmente escritas.

Markheim ficou longo tempo silencioso e realmente foi o visitante quem primeiro interrompeu o silêncio.

— Sendo assim — disse ele —, devo mostrar-lhe onde está o dinheiro?

— E a graça divina? — exclamou Markheim.

— Já não a tentou? — replicou o outro. — Há dois ou três anos não o vi no estrado das assembleias de reavivamento da fé e sua voz não era a que cantava mais alto os hinos?

— É verdade — falou Markheim —, e vejo claramente o que me resta em relação ao meu dever. Agradeço-lhe essas lições de minha alma. Meus olhos abriram-se e agora me vejo tal como sou, finalmente.

Nesse momento a campainha da porta tocou estridente através da casa. E o visitante, como se aquele fosse um sinal combinado, pelo qual estivesse esperando, mudou imediatamente de maneiras.

— A criada! — exclamou ele. — Ela voltou, como eu lhe havia avisado, e agora há diante do senhor mais uma passagem difícil. O patrão dela, é preciso que o senhor lhe diga, está doente. Deve deixá-la entrar, com fisionomia tranquila e séria. Nada de sorrisos, de excessos de palavras, e eu lhe prometo sucesso! Uma vez tendo a moça entrado, fechada a porta, a mesma destreza que já o libertou do negociante o livrará desse último perigo em seu caminho. Daí por diante terá a noite inteira, a madrugada inteira, se for necessário, para saquear os tesouros da casa e fugir em segurança.

É auxílio que lhe vem em socorro, sob a máscara do perigo. Vamos — continuou —, vamos, meu amigo. Sua vida está estremecendo na balança. Vamos, entre em ação!

Markheim olhou fixamente para seu conselheiro.

— Se eu for condenado por más ações — disse ele —, há ainda uma porta aberta para a liberdade: posso deixar de agir. Se minha vida for coisa má, posso depô-la. Embora eu esteja, como disse o senhor com muita veracidade, sob o estímulo das menores tentações, posso ainda, por um gesto decisivo, colocar-me fora do alcance de todas elas. Meu amor pelo bem traz a maldição da esterilidade: que assim seja! Mas tendo ainda meu ódio pelo mal e desse ódio, para seu ardente desapontamento, verá que saberei retirar ao mesmo tempo energia e coragem.

As feições do visitante começaram a mostrar maravilhosa e adorável mudança. Iluminaram-se e adoçaram-se, com as luzes de uma vitória suave. E, iluminando-se, ainda assim foram desmaiando e perdendo o contorno. Mas Markheim não se deteve para ver e compreender a transformação. Abriu a porta, desceu a escada muito lentamente, pensando. Seu passado ergueu-se gravemente diante dele: viu-o tal era, feio e exaustivo como um sonho, aventuroso e confuso, cenário de malogro. A vida, tal como a revia agora, já não o tentava, mas percebia, na outra margem, um refúgio tranquilo para a sua barca. Parou no corredor e olhou para a loja, onde a vela ainda ardia junto do cadáver. Tudo estava estranhamente silencioso. Enquanto olhava para o morto, inúmeros pensamentos a respeito dele enxameavam em sua cabeça. Então, a campainha tocou mais uma vez, em clamor impaciente.

Dirigiu-se à criada, no limiar da porta, com algo que se parecia a um sorriso.

— É melhor que vá buscar a polícia — disse ele. — Eu matei seu patrão.

DIÁRIOS DE UM CLÁSSICO

POR DENTRO DE O MÉDICO E O MONSTRO

UMA LEITURA IMPACTANTE

Percorridas as páginas de *O médico e o monstro* – bem como de outras histórias curtas assinadas por Robert Louis Stevenson –, o leitor pode ser acometido por uma perturbadora sensação de estranhamento, decorrente das profundas emoções concentradas em um breve número de páginas. A prosa de Stevenson, marcada por uma minuciosa seleção lexical e pela busca de um efeito expressivo certeiro sobre quem acompanha as tramas, é responsável pelo impacto que eternizou narrativas já populares no tempo de sua composição. A concisão dramática de textos como *O médico e o monstro* aparece aliada ao poder de investigação dos meandros da alma humana. Além das referidas qualidades estilísticas, as obras de Stevenson apresentam componentes de aventura e suspense que prendem a atenção do público – por essa razão, são inúmeras as adaptações desses textos literários para o teatro e o cinema.

Tornou-se familiar ao imaginário ocidental moderno o drama vivido pelo cientista que constata ter a personalidade irremediavelmente cindida. Dr. Jekyll, atormentado por seu duplo demoníaco, encarna o sofrimento do indivíduo consciente das forças antagônicas que habitam sua subjetividade. Ao perder o controle sobre os polos da generosidade e da perversão, o cientista que ambicionava governar a duplicidade da natureza humana torna-se vítima da própria transposição dos limites éticos da experimentação científica. Em uma época de elevada crença no progresso e acentuado desenvolvimento tecnológico, a representação do conflito entre natureza e cultura, operada por Stevenson em sua novela, coloca em xeque a condição humana e a ânsia ilimitada de liberdade. *O médico e o monstro*, uma das obras mais famosas do escritor, apresenta um tratamento emblemático da figura do duplo enquanto elemento literário e antecipa estudos que seriam posteriormente desenvolvidos no âmbito da pesquisa psicanalítica. O atravessamento do sujeito por múltiplas vozes constitutivas e a questão da identidade individual são aspectos presentes na relação dicotômica entre Dr. Jekyll e sr. Hyde – as faces benigna e maligna de um mesmo indivíduo em contradição.

A TRAMA

Na solidão de seu gabinete de trabalho, um cientista desenvolve uma droga capaz de separar os elementos opostos que constituem a natureza individual. Dr. Jekyll torna-se cobaia dos próprios experimentos, e os testes realizados fazem emergir, da interioridade do cientista, a figura monstruosa do sr. Hyde – um homem simiesco que se apresenta como a encarnação pura da maldade e da depravação. Gradualmente, a face cruel e violenta de Hyde vai subjugando a personalidade generosa e civilizada de Dr. Jekyll. Ao mesmo tempo em que a luta interior se agrava, o médico torna-se dependente da poção por ele fabricada e nota, posteriormente, que os efeitos da combinação química estão se enfraquecendo. Consciente de que não é mais possível controlar as ações de seu duplo, o ambicioso cientista, que optara pela reclusão social, atinge o auge da contradição interna e, após inúmeros tormentos e inquietações, comete suicídio.

Para o leitor da novela de Stevenson, não é possível alcançar, de imediato, a totalidade do drama vivido por Dr. Jekyll, às voltas com o monstruoso ser que libertara de dentro de si. O arranjo dos fatos da história é feito mediante depoimentos e recordações de diversos personagens – ainda que, como pode se observar desde o primeiro capítulo, a narração, em terceira pessoa, seja centralmente conduzida por meio da ótica do advogado Gabriel Utterson, testemunha dos estranhos casos ambientados na Londres oitocentista. São as investigações empreendidas por Utterson que reúnem os elementos necessários para a solução do mistério e para a manutenção da atmosfera de suspense que conduz ao dramático desfecho. Na tentativa de desvendar o segredo oculto por trás da repulsiva figura do sr. Hyde, o advogado estabelece contato com personagens envolvidos na história – Poole, o mordomo de Dr. Jekyll; sr. Guest, seu auxiliar, perito em grafologia; Dr. Lanyon, o renomado médico que morre atormentado após descobrir a dupla identidade de Dr. Jekyll; sr. Enfield, um parente distante que lhe relata o estranho comportamento do suspeito sr. Hyde; *Sir* Carew, membro respeitado do Parlamento inglês que é brutalmente assassinado pela terrível criatura. Ao fim, a obra chama a atenção para a complexidade característica da natureza humana e para a existência de monstros interiores que podem libertar as mais destrutivas pulsões.

NA INTIMIDADE DE ROBERT LOUIS STEVENSON

"Nós nos apaixonamos, bebemos muito, corremos por toda a Terra de um lado para o outro como ovelhas assustadas. E agora você está prestes a se perguntar se, afinal de contas, não teria sido melhor ficar sentado em casa junto à lareira, e ser feliz pensando."

Robert Louis Stevenson

Robert Louis Stevenson nasceu em Edimburgo, na Escócia, em 1850. Sua vida foi marcada por inúmeras viagens ao redor do mundo – experiências que se refletem em sua produção literária, em obras famosas como *A ilha do tesouro* e *Raptado*. As aventuras de Stevenson por outras terras, no entanto, estão ligadas à busca incessante por lugares que lhe propiciassem melhores condições de saúde. Desde pequeno, o escritor sofria de crises provocadas pela tuberculose – suas lembranças mais antigas trazem à tona a imagem da velha sra. Cummy, a babá que lhe contava histórias na infância com o objetivo de amenizar o sofrimento causado pela doença.

Após tentativas profissionais frustradas, Stevenson abraçou a literatura, arte para a qual sempre mostrou inclinação. No ano de 1880, o escritor escocês casou-se com Fanny Osbourne, uma mulher mais velha e mãe de dois filhos. O temperamento do autor foi sempre avesso à atmosfera puritana do meio vitoriano e calvinista no qual cresceu. Depois da morte de seu pai, em 1887 – um ano após a publicação do grande sucesso *O médico e o monstro* –, Stevenson partiu com a família para as Ilhas Samoa, no distante Pacífico Sul. Longe da Europa, o escritor finalmente encontrou um clima aprazível e ficou fascinado pela diversidade cultural dos povos da Polinésia. A ilha de Upolu foi o local escolhido para a construção de Vailima, a grande casa da família Stevenson no arquipélago de Samoa. Entre os nativos do lugar, o escritor ficou conhecido como *tusitala* – "o contador de histórias" – e, após a sua morte, ocorrida em 1894, foi enterrado em um ponto elevado da ilha, onde repousa até hoje.

"A paixão, a sabedoria, a força criativa, o talento para criar mistério e esquecimento, são qualidades que nos são outorgadas na hora de nascer e não podem ser nem aprendidas nem estimuladas. Mas [...] a eliminação do inútil, a ênfase no importante e a manutenção de um caráter uniforme do princípio ao fim – estas, que juntas constituem a perfeição técnica – podem ser alcançadas, até certo ponto, à força de trabalho e de coragem intelectual."

Robert Louis Stevenson

LITERATURA E HISTÓRIA: A OBRA DE STEVENSON E SEU TEMPO

Quando *O médico e o monstro* foi escrito, a Inglaterra passava por intensas transformações, em plena Era Vitoriana. Nesse período, situado historicamente entre os anos 1830 e 1900, o Império Britânico era uma grande potência econômica e militar. O progresso científico e o desenvolvimento tecnológico garantiam o conforto das camadas abastadas da população londrina, ao mesmo tempo que acentuavam a miséria das classes menos favorecidas. O otimismo gerado pelas atividades industriais, pelas descobertas da ciência e pelos avanços da medicina começou a dividir espaço, por volta da década de 1880, com uma eminente crise provocada pelo crescimento demográfico e por abalos ocasionados por guerras internacionais. Londres era uma cidade marcada por intensas desigualdades, e a violência urbana tornava tensas as relações entre os bairros ricos e pobres. É nesse contexto que se insere o drama vivido pelos personagens de *O médico e o monstro* – na novela, eles transitam pricipalmente por regiões elegantes de Londres, mas também passam por becos escuros e famigerados do subúrbio. O impacto causado pela novela sobre os leitores do período foi tão grande que, tempos após a sua publicação, quando Londres foi atemorizada pela ação violenta do misterioso Jack, o Estripador, o paralelo entre a figura do assassino em série e o cruel sr. Hyde tornou-se inevitável.

À época da composição de *O médico e o monstro*, o mundo científico já havia sido abalado pelas teorias revolucionárias de Charles Darwin acerca da evolução das espécies. Na contramão do evolucionismo, o estranho caso de Dr. Jekyll e sr. Hyde se baseia na regressão do homem civilizado a impulsos selvagens e na submissão da cultura a instintos naturais, revelando um posicionamento cético diante da crença nos poderes ilimitados da ciência. Dessa forma, o duplo monstruoso, ao sentir-se totalmente livre das regras de conduta moral estabelecidas pela sociedade, ousa comportar-se como um indivíduo inconsequente, que não teme sanções ou repressões de qualquer espécie. Às configurações do par dicotômico que protagoniza *O médico e o monstro*, na eterna batalha entre o bem e o mal, soma-se uma tendência estética preconizada pelos artistas românticos, segundo a qual as obras de arte não deveriam apenas tratar de aspectos sublimes e elevados da vida, mas também dos recônditos obscuros da alma humana e dos elementos grotescos da realidade. No âmbito da literatura vitoriana, os traços sombrios da prosa de ficção gótica – ligados ao macabro, ao noturno e ao demoníaco – se aliam às características românticas da exacerbação dos sentimentos e da intensificação das emoções: na novela de Stevenson, não apenas Dr. Jekyll/sr. Hyde tem uma morte marcada pela angústia e pelo sofrimento, mas também Dr. Lanyon acaba morrendo em decorrência do abalo emocional sofrido ao presenciar a atormentada metamorfose do médico/monstro. Em um mundo no qual as crenças religiosas já haviam sido estremecidas pelos clarões da revolução iluminista, no século XVIII, e em meio ao processo de consolidação do mundo burguês que permitiu o advento do Romantismo, a face sombria do indivíduo moderno passou a ser revelada em obras artísticas que, cada vez mais, tratavam das trajetórias nada exemplares de sujeitos problemáticos e conflituosos.

PASSEANDO PELOS CAMINHOS DE STEVENSON

A dramática história de *O médico e o monstro* tem como cenário um ambiente familiar ao seu muito viajado autor. A obra permite conhecer aspectos da vida na Inglaterra vitoriana e do contexto histórico no qual Stevenson produziu seus textos. O espaço central da novela é a cidade de Londres, habitada por cerca de quatro milhões de pessoas, muito fria e coberta pela névoa que se acentuava com a espessa fumaça exalada pelas chaminés das fábricas e residências aquecidas a carvão. O medo e o temor gerados pela atmosfera de violência, decorrente das profundas desigualdades sociais, podem ser verificados na paisagem noturna das ruas londrinas que, escuras e perigosas, eram pouco frequentadas pelos cidadãos, receosos de tornar-se vítimas de algum criminoso ou malfeitor. Era pelas ruas quase desertas que sr. Hyde andava, sempre em busca de alguma presa em potencial.

Na novela de Stevenson, a repercussão causada pelo assassinato de Carew, membro do Parlamento morto por Hyde, assinala o desenvolvimento da mídia impressa no período, uma vez que o caso comove a população que lê a notícia nos jornais. As manchetes mais alarmantes eram divulgadas oralmente pelos próprios jornaleiros, que instigavam a curiosidade das pessoas e promoviam a venda dos periódicos. Os contrastes entre os bairros elegantes e as regiões periféricas faziam de Londres uma bomba-relógio prestes a explodir; uma cidade marcada por uma atmosfera de tensão e violência incontroláveis. A polícia metropolitana não era capaz de conter totalmente a ação de criminosos, que proliferavam pela cidade e praticavam desde pequenos furtos de joias até crimes de maiores proporções. A capital tornava-se não apenas um espaço propício para roubos e assassinatos, mas também alimentava o imaginário de escritores – se Stevenson utilizou o cenário londrino para ambientar sua narrativa, Conan Doyle também o fez, logo em seguida, ao conceber a série de aventuras protagonizadas por Sherlock Holmes, o detetive mais famoso de todos os tempos.

O médico e o monstro apresenta, ainda, um retrato da sociedade vitoriana e do comportamento habitual dos membros da elite. O universo da novela é dominado pelas figuras masculinas – as poucas mulheres que comparecem à cena desempenham papéis extremamente secundários. Os personagens centrais são típicos cavalheiros da Era Vitoriana e se apresentam como indivíduos respeitáveis de uma sociedade que apregoa os ideais de civilização. Na contramão da rigidez de comportamentos e códigos morais do período, sr. Hyde constitui o lado sombrio da personalidade de um distinto cavalheiro. Desse modo, Stevenson problematiza um universo de homens ricos e cultos, com condutas aparentemente modelares, mas que, afinal, levam uma vida solitária na opressiva metrópole. Dr. Jekyll e os demais senhores vestem-se de maneira impecável – todos usam trajes formais e cartolas –, habitam residências confortáveis e contam com os serviços de uma criadagem treinada e competente. Poole, o mordomo de Dr. Jekyll, por exemplo, representa o ápice da hierarquia dos serviçais e tem maior proximidade com o patrão, sendo o primeiro a notar os comportamentos excêntricos do médico, resultantes das experiências científicas. Neste ponto, a questão da dependência química é explorada pelo autor; o viciado Dr. Jekyll encomendava com facilidade princípios ativos de sua poção, o que evidencia mais um aspecto da Londres do século XIX: o acesso a drogas – como o ópio, o absinto e o haxixe – era extremamente fácil.

Os personagens de *O médico e o monstro* exercem profissões prestigiadas socialmente – medicina (Jekyll e Lanyon), advocacia (Utterson) e política (*Sir* Carew, membro do Parlamento inglês). Era costume que cavalheiros elegantes mantivessem, em casa, um gabinete particular, com uma excelente biblioteca pessoal, onde pudessem se refugiar e cultivar o espírito. Note-se que o escritório no qual sr. Utterson lê os depoimentos dos personagens envolvidos no misterioso caso é muito mais organizado que o caótico ambiente de trabalho em que Dr. Jekyll realiza seus experimentos. Os cidadãos respeitáveis de Londres tinham por hábito promover encontros destinados unicamente aos homens – como os jantares que Dr. Jekyll costumava oferecer aos amigos. A novela também apresenta as diferentes regiões de Londres e os indivíduos que as habitavam, revelando as diferenças econômicas da metrópole. Enquanto Dr. Lanyon residia em um luxuoso endereço do West End londrino, Dr. Jekyll – profissional menos renomado – vivia em uma praça situada numa localidade intermediária, menos valorizada que a região da praça Cavendish; já sr. Hyde, por sua vez, é visto transitando pelas ruas do Soho, bairro periférico e menos favorecido, repleto de casas noturnas e frequentado por indivíduos de reputação duvidosa, que se dedicavam a negócios escusos e ilegais. É durante uma caminhada dominical pelas ruas de Londres que, no início da novela, sr. Enfield conta a sr. Utterson um intrigante episódio envolvendo a figura cruel e repulsiva de sr. Hyde. Stevenson apresenta ao leitor uma história com tantos detalhes da vida cotidiana daquela sociedade que poderia muito bem ser ouvida numa esquina barulhenta de Londres, em uma manhã pouco ensolarada, nas proximidades do mercado.

CONHECENDO O MÉDICO E O MONSTRO

UMA CHAVE DE LEITURA: A QUESTÃO DO DUPLO

> "[...] todo o mito de Stevenson pode ser reduzido ao mito de uma sombra, à imagem que um homem tem de si mesmo em seus próprios corpo e mente, em contraste com a que projeta sob o sol do mundo."
>
> MANGUEL, Alberto. *À mesa com o Chapeleiro Maluco.* São Paulo: Companhias das Letras, 2009. p. 150.

A literatura sempre apresentou casos exemplares de identidades espelhadas. Fossem irmãos gêmeos com personalidades totalmente opostas ou pares formados por características antagônicas, as narrativas chamaram constantemente a atenção para a complexidade da natureza humana e para os jogos complementares estabelecidos por elementos contrários. A relação de duplicidade presente em *O médico e o monstro* é emblemática do ponto de vista da exploração do caráter multifacetado da mente humana. A obra de Stevenson se insere na tradição de textos que não exploram a questão do outro como alguém distinto e distante do sujeito – como fazem, por exemplo, as narrativas de viagem eurocêntricas, que procuram caracterizar o estrangeiro e sua cultura como elementos afastados e exóticos. Com efeito, em *O médico e o monstro*, o outro habita o território da própria interioridade do sujeito, e sua presença tão próxima e íntima torna-se perturbadora e inquietante.

Enquanto mito literário, a figura do duplo apresenta traços especulares de inversão e se configura como a sombra obscura de determinado personagem. Os relatos de encontros com duplos atestam o incômodo quase insuportável causado por eles, na medida em que estão situados entre a extrema familiaridade – porque todas as suas características são análogas às dos indivíduos que duplicam – e a completa oposição – porque tais características são totalmente contrárias às dos indivíduos com que se relacionam. Deparar com alguém que reúne todos os traços psicológicos invertidos é, para o sujeito que encontra seu duplo, uma experiência tão terrível que, não raro, a consequência fatal é a morte, isto é, o desejo de destruição da figura que reúne em si todos os contrários. Em Stevenson, a ruína de Dr. Jekyll advém da consciência acerca da impossibilidade de convivência harmônica com sr. Hyde.

A novela escrita por Stevenson antecipa, em alguns aspectos, os estudos posteriormente realizados pelo austríaco Sigmund Freud, o fundador da psicanálise. É curioso observar que a gênese de *O médico e o monstro* remonta a um sonho perturbador que teria atormentado Stevenson durante uma madrugada em que sofria com as fortes crises provocadas pela tuberculose. Nos dias que se seguiram à crise, o escritor, acamado por ordens médicas, deu início à frenética composição da história. Fanny, esposa do autor e primeira leitora do drama vivido por Dr. Jekyll, ficou tão impressionada com a história que a primeira versão acabou sendo destruída. Ao longo de outros poucos dias, o texto definitivo, que hoje conhecemos, teria sido criado. O sucesso do livro, quando publicado, foi enorme. Ao longo do século XX, a questão do duplo e a constatação da complexidade da natureza humana foram amplamente pesquisados e debatidos por diversas áreas das ciências humanas, sobretudo aquelas que se ocupam com a constituição da identidade do sujeito a partir das relações estabelecidas com a alteridade.

O ESPELHO DE DR. JEKYLL

Em *O médico e o monstro*, a presença do espelho no gabinete de Dr. Jekyll é representativa da crise de identidade vivenciada pelo protagonista e concretiza a duplicidade interior percebida pelo personagem. A aquisição do espelho assinala a fase crucial de desenvolvimento das experiências científicas realizadas pelo médico. Diante do espelho instalado na sala de experimentos, Dr. Jekyll podia acompanhar a própria metamorfose e o surgimento de seu duplo, sr. Hyde. No depoimento dirigido a sr. Utterson, Dr. Jekyll diz:

> *"Não havia espelho ali, naquela ocasião, esse que aqui está diante de mim enquanto escrevo foi trazido mais tarde, de propósito, para as transformações."*

A imagem do espelho é recorrente na novela, sobretudo na passagem em que Dr. Jekyll relata a trajetória de suas investigações. Como símbolo da inversão operada na personalidade do cientista, é responsável por revelar também as transformações físicas que acompanham tal inversão interior.

O ROMANTISMO E AS SOMBRAS DA INTERIORIDADE INDIVIDUAL

No período romântico, as questões relativas ao universo interior do sujeito ocupavam o centro das reflexões estéticas. O impulso conferido, pelos artistas românticos, à exploração da subjetividade e das complexas emoções que agitavam a alma do indivíduo propiciou um movimento intenso de sondagem íntima. A caracterização do monstro perverso e repulsivo que se ocultava no interior de Dr. Jekyll assimila elementos típicos da narrativa gótica, tais como: a atmosfera envolvente de mistério e suspense que prende a atenção do leitor; os cenários sombrios e escuros das noites mergulhadas em silêncio sepulcral, no interior das quais perambulam os monstros e as aparições fantasmagóricas; os relatos de crimes brutais cometidos por indivíduos perturbados psiquicamente; a obscuridade e o embate constante entre bem e mal, racionalidade e irracionalidade, loucura e razão. As contradições são inerentes ao Romantismo, e seu espírito é sempre avassalado por fortes emoções desencontradas e sensações que se entrechocam.

"O Romantismo não se apreende numa definição ou numa fórmula. A sua natureza é intrinsecamente contraditória, aparece constituída por atitudes e movimentos antitéticos, dificilmente se cristaliza num princípio ou numa solução únicos e incontroversos. Os próprios românticos tiveram consciência do seu proteísmo radical, do seu anseio de ser e de não ser, da sua necessidade de assumir, num dado momento, uma posição, e de, no momento seguinte, assumir a posição contrária. Para eles, a verdade é dialética, pois que, tal como a beleza, resulta da síntese de elementos heterogêneos e antinômicos, alimenta-se de polaridades e tensões contínuas.

[...]

O Romantismo valorizou as forças instintivas e irracionais, glorificou o homem natural, o seu primitivismo e a sua espontaneidade [...] A arte romântica manifesta com frequência o gosto pelo fantástico e pelo grotesco, por tudo o que é excessivo ou anormal, deforma as proporções e as relações verificáveis na realidade [...]"

AGUIAR E SILVA, Vítor Manuel de. *Teoria da literatura*. 3ª ed. Coimbra: Almedina, 1979. p. 483-484.

"Onde se viu medalha que não tenha seu reverso? talento que não traga sombra com sua luz, fumaça com sua chama? Tal mancha pode ser apenas a consequência indivisível de tal beleza. Este toque discordante, que me choca de perto, completa o efeito e dá relevo ao conjunto. Apaguem um, apagam o outro. A originalidade se compõe de tudo isso. O gênio é necessariamente desigual. Não há altas montanhas sem profundos precipícios. Encham o vale com o monte, não terão mais senão uma estepe, uma landa, a planície dos Sablons em lugar dos Alpes, cotovias e não águias."

HUGO, Victor. *Do grotesco e do sublime*. São Paulo: Perspectiva, 2007. p. 98.

"[...] Também a literatura de horror quer transmitir medo ao leitor, coisa que ele por si mesmo procura; deseja mostrar-lhe abismos, à cuja beira ele próprio se posta de bom grado. Temos o mesmo que antes: a problemática do artista, os lados noturnos da alma, a magia sinistra entre o amor e a morte, o caráter satânico do crime. [...] No romance de horror inglês, assim como no drama alemão do destino, o abissal é registrado e aparece então uma ordem tanto mais poderosa quanto capaz de abarcar tais aspectos sinistros. O romance de horror, inglês, confirma a ordem moral do mundo; as figuras estão ordenadas segundo o bem e o mal, incorporando-se também o sobrenatural em tais categorias."

KAYSER, Wolfgang. *O grotesco*. São Paulo: Perspectiva, 2003. p. 121.

ELEMENTOS ESTRUTURAIS DA NARRATIVA EM O MÉDICO E O MONSTRO

1.PERSONAGENS

O universo dos personagens de *O médico e o monstro* é predominantemente masculino e gira em torno da vida dos cavalheiros respeitáveis da elite londrina oitocentista. **Dr. Henry Jekyll** é um ambicioso médico que deseja dissociar as duas faces componentes da complexa natureza humana – para alcançar tal objetivo, desenvolve uma poção capaz de operar a separação dos dois aspectos de sua personalidade, mas a experiência acaba fugindo do seu controle e libertando a figura de um duplo monstruoso e demoníaco. **Sr. Edward Hyde**, indivíduo de aparência simiesca e comportamento monstruoso, emerge da interioridade de Dr. Jekyll e é descrito como a encarnação pura da maldade e crueldade (característica que o faz ser imediatamente repugnado pelas pessoas que cruzam seu caminho). Suas ações são marcadas pela violência e pela inconsequência, uma vez que age com a liberdade natural dos seres que desconhecem os ideais de civilização e as regras de conduta moral

(Hyde se oculta no interior de Dr. Jekyll, mas, aos poucos, vai ganhando terreno e subjuga a parcela boa e generosa da personalidade do médico). O responsável pela investigação acerca do mistério que envolve as identidades de Jekyll e Hyde é o **sr. Gabriel John Utterson**, respeitado advogado que procura articular as informações desencontradas a respeito dos crimes praticados pelo repulsivo sr. Hyde – ao final da história, sr. Utterson tem acesso a uma série de depoimentos legados a ele pelos personagens envolvidos no estranho caso do médico e do monstro.

O interesse de Utterson pela identidade do sr. Hyde é despertado durante uma conversa na qual **sr. Richard Enfield**, parente distante do advogado e companheiro nas caminhadas dominicais, menciona o estranho comportamento de um homem que teria passado por cima de uma criança na rua. A partir daí, Utterson passa a reunir indícios e procura a ajuda do **Dr. Hastie Lanyon**, renomado médico de Londres – a vida de Lanyon, no entanto, chega ao fim após um forte abalo emocional sofrido ao presenciar a metamorfose do amigo Henry Jekyll. Utterson conta, ainda, com a ajuda de seu auxiliar, **sr. Guest**, especialista em estudos grafológicos – ele foi o responsável pela identificação de semelhanças entre as caligrafias de Dr. Jekyll e sr. Hyde. Dentre as vítimas do perverso sr. Hyde, está ***Sir* Danvers Carew**, membro ilustre do Parlamento britânico, que é brutalmente assassinado a golpes de bengala – o crime é testemunhado por uma criada que estava à janela. Finalmente, a novela apresenta **Poole**, mordomo de Dr. Jekyll e principal criado da casa, responsável por convencer Utterson a invadir o gabinete do médico transtornado, contando com a ajuda do lacaio **Bradshaw**.

2. TEMPO

O arranjo dos fatos em *O médico e o monstro* não obedece a uma ordem estritamente cronológica. Em se tratando de novelas de mistério, o suspense geralmente é garantido pela apresentação gradual de fatos novos que se vão articulando até culminar na solução do enigma. A descoberta de que as identidades de Dr. Jekyll e sr. Hyde pertencem a uma mesma pessoa é alcançada pouco a pouco, em um procedimento semelhante à montagem de um quebra-cabeça. A narrativa apresenta, desde o início, uma série de digressões (como o episódio relatado por Enfield a Utterson) e depoimentos que deslocam temporalmente a história para outros momentos (a exemplo dos testemunhos de Lanyon e do próprio Jekyll). A novela de Stevenson consiste em uma organização final dos fatos, feita por Utterson após o desenrolar dos acontecimentos. As experiências narradas são tão aterrorizantes que permaneceram vivas na mente dos envolvidos, à espera de um acabamento capaz de atribuir sentido e coerência ao turbilhão caótico de eventos.

3. ESPAÇO

Em *O médico e o monstro*, o próprio espaço apresenta uma dupla natureza. Stevenson explora as características sociais diversas de Londres no século XIX e situa os acontecimentos da narrativa em localidades distintas da cidade. Dessa forma, as residências dos personagens pertencentes à elite londrina se localizam nas regiões mais prestigiadas da metrópole. Em contrapartida, as ações do sr. Hyde têm lugar na obscuridade do subúrbio, nos bairros mal-afamados e habitado por pessoas de classes sociais mais baixas, além de indivíduos de reputação duvidosa. A casa de Dr. Jekyll, por sua vez, ocupa estrategicamente uma posição intermediária: não fica distante do subúrbio, mas ainda é próxima dos bairros ricos. Internamente, as casas dos cavalheiros londrinos se caracterizam pelos móveis luxuosos e pelo conforto alcançado graças ao trabalho de vários empregados. No caso de Dr. Jekyll, a parte da casa que recebe maior destaque ao longo da narrativa é a sala na qual são realizados os experimentos científicos. Na novela, a relação entre os becos escuros por onde transita o cruel sr. Hyde e a sociedade respeitável pela qual circulam os cavalheiros explicita as desigualdades sociais e os problemas enfrentados pela metrópole inglesa no tempo de Stevenson.

4. PONTOS DE VISTA NARRATIVOS

A perspectiva a partir da qual uma história é contada e a seleção da voz que narra os fatos são pontos indispensáveis da reflexão de um autor, durante a concepção de uma obra. Em *O médico e o monstro*, Stevenson escolheu desenvolver um narrador em terceira pessoa e impessoal, mas não onisciente, que desvela a narrativa segundo a trajetória do advogado Utterson, como se seguisse, passo a passo, suas investigações a respeito da identidade misteriosa do estranho sr. Hyde. Utterson é, assim, o responsável por articular os depoimentos dos vários personagens envolvidos no caso e, com base no que contam as testemunhas, o advogado pode desvendar o segredo oculto por trás das paredes do gabinete de Dr. Jekyll. Já no início da novela, a narração sob o ponto de vista de Utterson cede lugar ao relato de sr. Enfield acerca da ligação de Hyde com a intrigante casa cuja fachada apresentava uma única porta – descobrir-se-á, mais tarde, que aquele local era o fundo da residência de Dr. Jekyll. Mais à frente, Utterson tem acesso às últimas palavras de Dr. Lanyon e, por meio de uma digressão, o renomado médico londrino torna-se o narrador de um episódio fundamental, durante o qual o monstruoso Hyde encena o processo de metamorfose, ao ingerir, diante do olhar surpreso e aterrorizado de Lanyon, a poção transformadora.

Finalmente, na última parte da história, após o suicídio de Dr. Jekyll, Utterson lê o depoimento revelador escrito pelo cientista e compreende as graves dimensões das experiências realizadas pelo amigo. A partir da reunião de múltiplas vozes, sr. Utterson agrupa fragmentos aparentemente desencontrados e confere uma unidade ao caso, permitindo que a obra receba um acabamento e que a história fantástica obtenha, pelo menos, uma coerência interna.

CONSIDERAÇÕES FINAIS

A visita ao laboratório de Dr. Jekyll permite ao leitor investigar os meandros da alma humana e refletir sobre sua própria condição. Enquanto cientista, Dr. Jekyll qualifica sua experiência como prodigiosa e vaticina o prestígio e a fama que poderiam advir da investigação científica. Seu experimento, apesar de arriscado, apresentava um caráter inovador. Ele observou, inicialmente, a existência de uma duplicidade na constituição natural dos indivíduos, notando que as esferas do bem e do mal conviviam na interioridade humana. Seus experimentos aproximaram as esferas transcendental e científica. Para ele, a descoberta de um modo de dissociar os componentes contrários da interioridade humana abalaria os limites da ciência tradicional e material, instaurando uma nova metodologia – a "medicina transcendente". Ele verificou que, nele próprio, duas naturezas habitavam uma mesma consciência. Em outras palavras, ele notou que sua consciência não era apenas habitada pela bondade que habitualmente transparecia em suas ações cotidianas, mas conservava reprimida uma face obscura e perversa, que poderia ser trazida à tona e dissociada da face generosa com a qual convivia.

A partir da narrativa acerca dos conflitos vividos por Dr. Jekyll em relação ao monstro que habitava sua interioridade, a obra coloca em discussão o caráter multifacetado da natureza humana. Os experimentos dele tinham como objetivo isolar os domínios do bem e do mal, na tentativa de provar que o homem é interiormente habitado por múltiplas faces. Para explicitar a dualidade humana, Dr. Jekyll se transforma na cobaia de suas próprias experiências e consome a droga por ele desenvolvida. Os polos antagônicos de sua personalidade se desmembram, e a figura do monstruoso sr. Hyde aflora. A devassidão e a perversidade de Hyde são opostas à generosidade e à cordialidade com que Jekyll habitualmente se comportava. Na medida em que sr. Hyde representa somente o lado torpe e cruel daquela personalidade, a proximidade com o duplo de Dr. Jekyll conduz, imediatamente, a uma sensação de repulsa. No texto, por exemplo, o pavor sentido ao contemplar a transformação de sr. Hyde em Dr. Jekyll acompanhou Dr. Lanyon até a hora da morte.

A experiência de Dr. Jekyll revelou a duplicidade inerente à interioridade humana. Esse perigoso experimento levou aos últimos limites a exploração dos polos dicotômicos do bem e do mal, presentes em cada ser humano. Dr. Jekyll permitiu que sua obscura face cruel aflorasse e subjugasse, por alguns momentos, a face controlada e civilizada que antes predominava. Sr. Hyde, de início, não era predominante na dualidade interior de Dr. Jekyll, na medida em que permanecera sempre subjugado à face gentil que se manifestava externamente. Sr. Hyde, no entanto, aos poucos, tornou-se responsável pelos crimes cometidos pelo cientista. Perdido o controle sobre a dualidade interior, a personalidade de Dr. Jekyll cindiu-se e gerou um intenso e perigoso conflito entre os polos antagônicos. As ações cometidas por Hyde faziam com que o médico se sentisse culpado e temesse a força infernal que ele havia libertado. O conflito psicológico vivido por Jekyll está ligado à percepção da impossibilidade de coexistência entre as duas personalidades antagônicas. Com o passar do tempo, o médico tornou-se dependente da droga que havia produzido e percebe que o efeito do pó estava cada vez mais fraco e insuficiente. Sr. Hyde ganhava terreno e o cientista verificava ser incapaz de governar seu duplo terrível.

Dr. Jekyll representa o cientista ambicioso que ultrapassa os limites éticos para alcançar o progresso em determinada área de estudos. É importante ressaltar que as investigações dele sobre a interioridade humana transcendiam as fronteiras dos temas considerados puramente científicos. A obra, ao narrar o surgimento descontrolado de uma esfera sombria da interioridade do cientista, propõe também uma discussão acerca da relação entre natureza e cultura, problematizando a capacidade humana de domínio dos comportamentos instintivos.

OUTRAS HISTÓRIAS

O DIABRETE DA GARRAFA

Em "O diabrete da garrafa" (The Bottle Imp), Stevenson explora os poderes e a história fantástica de um objeto aparentemente simples, mas capaz de transformar a vida de quem o possuir – trata-se de uma garrafa comum na aparência, mas prodigiosa na imanência de suas propriedades secretas. O recipiente continha, em seu interior, um diabrete capaz de realizar todos os desejos de uma pessoa – o havaiano Keawe torna-se seu proprietário. Um objeto mágico que realize desejos é um elemento que estimula a fantasia das pessoas, na medida em que a satisfação imediata dos sonhos constitui um insaciável desejo do ser humano. A história "O diabrete da garrafa" se desenvolve em meio ao exotismo mágico do distante Havaí – a narrativa revela o interesse do autor por aventuras ocorridas em paisagens longínquas.

Um aspecto ligado à ciência também está presente na história da recepção desse texto. Uma vez mais, literatura e ciência uniram-se no instigante processo de investigação do universo humano. O historiador e antropólogo italiano Carlo Ginzburg, no texto "Tusitala e seu Leitor Polonês", de 2004, especula que a ideia do *kula*, uma forma de troca intratribal, surgiu para o antropólogo Bronislaw Malinowski a partir da leitura desse conto de Stevenson. A literatura como inspiração para o desenvolvimento de uma investigação científica. De acordo com Malinowski, durante a prática do *kula*, os trobriandeses – membros de uma tribo radicada num paradisíaco arquipélago do Pacífico – demonstram que o ser humano busca mais do que vantagens puramente utilitárias. Malinowski compara a inutilidade dos objetos trocados pelos nativos das Ilhas Trobriand com a inutilidade de alguns objetos que a coroa inglesa mantém no castelo de Windsor, declarando que os *vaygu'a* (os bens do *kula*) são objetos valorizados pelos seus aspectos históricos e, portanto, podem ser identificados como algo além de inutilidades. A presença de um objeto mágico no conto de Stevenson permite refletir sobre a necessidade humana de alcançar a realização de sonhadas realidades materiais, mas assinala também que é preciso ultrapassar essa esfera primeira, problematizando os limites e a natureza dos desejos de um indivíduo.

MARKHEIM

Markheim, protagonista da história que leva seu nome, apresenta os traços característicos de um psicopata, e a oscilação do personagem conduz a contradições internas que se intensificam após a ocorrência de um assassinato. Na interioridade do protagonista, a eterna luta entre bem e mal se dá em um nível de tensão muito alto, tornando o personagem complexo e intrigante. O pavor que ele sente após cometer o crime revela também uma face paranoica de sua personalidade. A possível presença de outras pessoas atormenta o assassino, uma vez que tem medo de ser descoberto. Markheim passa a temer a punição pelo crime que cometeu e imagina o julgamento da sociedade. Os menores elementos à sua volta passam a perturbá-lo. Os movimentos mínimos das sombras nas paredes inquietam o espírito do protagonista e se revelam como potenciais ameaças. Após o assassinato, o criminoso passa a refletir sobre as consequências de seus atos. Ele se preocupa com a passagem do tempo e com o destino que dará ao corpo da vítima. A sanção da sociedade ameaça Markheim, que se sente perseguido antes mesmo da descoberta do assassinato.

A narrativa "Markheim" coloca em xeque a oposição entre os polos dicotômicos do bem e do mal, da mesma forma que a novela *O médico e o monstro*. Os elementos de suspense e mistério estão presentes em ambas as tramas e se concentram em torno das ações questionáveis dos protagonistas problemáticos. Markheim apresenta a personalidade de um psicopata atormentado pelo crime que cometeu. No entanto, ele, apesar de ser capaz de cometer crimes e de ter comportamentos violentos, ainda demonstra temer a sanção punitiva da sociedade e, desse modo, externa uma fragilidade humana. Sr. Hyde, por outro lado, é a encarnação pura do mal e da crueldade; sua perversidade não conhece o receio da punição – este aspecto intensifica o sofrimento de Dr. Jekyll, porque ele assimila toda a responsabilidade pelas atitudes desmedidas e amorais de seu duplo monstruoso.

EXPRESSÕES ARTÍSTICAS

O MÉDICO E O MONSTRO NO CINEMA E NA TELEVISÃO

A história de Dr. Jekyll e sr. Hyde foi adaptada inúmeras vezes para o teatro e o cinema. A lista a seguir apresenta, em ordem cronológica, as versões cinematográficas mais famosas do clássico de Stevenson. Grande parte das adaptações acrescenta personagens e situações à trama original – na maioria dos filmes, por exemplo, personagens femininas (que não ocupam lugar de destaque no livro) aparecem envolvidos no drama do médico inglês atormentado por seu duplo monstruoso.

- *O médico e o monstro*. Dir. Rouben Mamoulian, 1932.
- *O médico e o monstro*. Dir. Victor Fleming, 1941.
- *O filho do Dr. Jekyll*. Dir. Seymour Friedman, 1951.
- *O monstro de duas faces*. Dir. Terence Fisher, 1960.
- *O médico e o monstro*. Dir. Paolo Barzman, 2008.

Há também divertidas adaptações de *O médico e o monstro* para desenhos animados. As animações de *Looney Tunes*, por exemplo, apresentam episódios em que Pernalonga ou Frajola se envolvem em complicadas aventuras no laboratório assustador de Dr. Jekyll.

IDENTIDADES EM CRISE: RESSONÂNCIAS DE O MÉDICO E O MONSTRO

Em narrativas como *O médico e o monstro* e *Markheim*, Stevenson antecipa temas e situações altamente explorados por filmes e séries televisivas atuais. A problemática questão dos conflitos entre múltiplas personalidades e o comportamento dos psicopatas são aspectos presentes em diversos filmes policiais ou de suspense. A seguir, são sugeridos alguns títulos, com o objetivo de estimular o diálogo entre o precursor literário e as produções cinematográficas e televisivas dos nossos dias.

• *CSI – Investigação Criminal*. Um dos episódios da série, intitulado *Grave Danger*, foi escrito por Quentin Tarantino.

• *Dragão Vermelho*. Dir. Ridley Scott, 2001. O filme integra a série protagonizada pelo psicopata Hannibal Lecter e apresenta também um personagem com mente criminosa, atormentado por uma crise de identidade.

PRINCIPAIS OBRAS DE ROBERT LOUIS STEVENSON

Poesia

- *A child's garden of verses, 1885*

Ficção

- *New arabian nights, 1882*
- *Treasure island, 1883*
- *The black arrow – A tale of the two roses, 1883*
- *Prince Otto, 1885*
- *The strange case of Dr. Jekyll and Mr. Hyde, 1886*
- *Kidnapped, 1886*
- *The merry men and other tales and fables, 1887*
- *Catriona, 1893*
- *Island nights' entertainments, 1893*

Relatos de Viagem

- *Travels with a donkey in the Cévennes, 1879*

BIBLIOGRAFIA

ABRAMS, M. H. et al. (Ed.). The Victorian Age (1830-1901). In: *The Norton Anthology of English Literature.* 6ª ed. Nova York: W. W. Norton & Company Inc., 1993. v. II, p. 891-910.

AGUIAR E SILVA, Vítor Manuel de. *Teoria da literatura.* 3ª ed. Coimbra: Almedina, 1979.

BRUNEL, Pierre (Org.). *Dicionário de mitos literários.* 4ª ed. Rio de Janeiro: José Olympio, 2005.

CARPEAUX, Otto Maria. *História da literatura ocidental.* 2ª ed. Rio de Janeiro: Alhambra, 1981. v. V.

COTRONEO, Roberto. *Se uma criança, numa manhã de verão...* – carta para meu filho sobre o amor pelos livros. Trad. Mario Fondelli. Rio de Janeiro: Rocco, 2004.

DUNLOP, Eileen. *Robert Louis Stevenson* – The Travelling Mind. Edimburgo: National Museums Scotland, 2008.

FREUD, Sigmund. O "estranho" [*Das Unheimliche*]. In: _____. *Obras completas.* Rio de Janeiro: Imago, 1976. v. XVII, p. 275-314.

HOGLE, Jerrold E. Robert Louis Stevenson. In: MULVEY-ROBERTS, Marie (Ed.). *The Handbook to Gothic Literature.* Nova York: NY University Press, 1998. p. 220-223.

HUGO, Victor. *Do grotesco e do sublime.* São Paulo: Perspectiva, 2007.

KAYSER, Wolfgang. *O grotesco* – configuração na pintura e na literatura. Trad. J. Guinsburg. São Paulo: Perspectiva, 2003.

KILGOUR, Maggie. *The Rise of Gothic Novel.* Londres: Routledge, 1995.

KING, Stephen. Introdução. In: SHELLEY, Mary; STOKER, Bram; STEVENSON, Robert Louis. *Frankenstein, Drácula, O médico e o monstro.* Trad. Adriana Lisboa. Rio de Janeiro: Ediouro, 2001. p. 7-16.

MANGUEL, Alberto. *A cidade das palavras.* Trad. Samuel Titan Jr. São Paulo: Companhia das Letras, 2008.

_____. *À mesa com o Chapeleiro Maluco.* Trad. Josely Vianna Baptista. São Paulo: Companhia das Letras, 2009.

_____. (Org.). *Contos de horror do século XIX.* São Paulo: Companhia das Letras, 2005.

_____. *Stevenson sob as palmeiras.* Trad. Paulo Henriques Britto. São Paulo: Companhia das Letras, 2000.

MORAES, Eliane Robert. Robert Louis Stevenson – um viajante nos mares da aventura. In: STEVENSON, Robert Louis. *O médico e o monstro.* 7ª ed. São Paulo: Ática, 2008. p. 3-13.

CONTEXTUALIZAÇÃO HISTÓRICA

APRESENTAÇÃO

A abordagem dialógica não prescinde das relações entre produção literária e contexto histórico. Quer, sim, ressaltar os jogos possíveis entre o universo estético e o plano temporal, bem como entre a criação e a história, demonstrando a possibilidade de aproximação entre obras e autores de diferentes épocas, sem, contudo, abrir mão das interfaces entre texto e história.

A abordagem tradicional do contexto histórico, geralmente apresentada pelos manuais de literatura, apenas ilustra, como pano de fundo, o momento em que determinadas obras foram produzidas. Raramente são explicitados os laços profundos e efetivos que unem a contextualização histórica e as criações literárias. Desse modo, a análise dialógica oferece um instrumental relevante para a superação das relações mecânicas, estanques e superficiais habitualmente estabelecidas pelos livros didáticos entre obras e momentos históricos. O texto literário não é mero reflexo espelhado ou ilustrativo do tempo em que foi composto e tampouco se restringe aos limites temporais de um único período. Se assim fosse, como explicar a permanência dos grandes clássicos, que são lidos e reinterpretados de maneiras diferentes a cada século que passa? Da mesma forma, é necessário ressaltar os aspectos históricos da obra para que seja possível compreender os fatores externos que influenciaram sua criação.

De fato, para tal tarefa, importa considerar a literatura como parte de uma dinâmica cultural mais ampla. Para tanto, é fundamental o estabelecimento de relações entre os diversos domínios das ciências humanas. Trata-se de uma atividade complexa, pois exige do aluno não apenas a decodificação de causa e efeito ou informações básicas sobre o texto em questão – exige também, com efeito, a capacidade de articulação de diferentes ramos do conhecimento, assim como a percepção das conexões mantidas entre o plano histórico e o domínio cultural.

O CONTEXTO HISTÓRICO-CULTURAL DA PRODUÇÃO LITERÁRIA DE ROBERT LOUIS STEVENSON

O estudo das narrativas *O médico e o monstro, O diabrete da garrafa* e *Markheim* supõe um olhar atento para questões relacionadas ao panorama histórico-cultural europeu do século XIX. A partir da grande revolução romântica, os recônditos obscuros da alma humana e os aspectos menos sublimes da realidade passaram a ser considerados e altamente explorados pelos criadores de obras literárias. Os indivíduos anti-heroicos e problemáticos ascendem ao primeiro plano da configuração de protagonistas e explicitam os conflitos internos inerentes à natureza complexa do homem. Os excertos a seguir procuram subsidiar o trabalho de contextualização da produção literária de Robert Louis Stevenson, tomando por base aspectos considerados fundamentais para a compreensão das histórias reunidas na presente edição – ligadas às vertentes literárias da prosa gótica e/ou da narrativa policial.

Dessa forma, um eixo de leitura profícuo para a análise de *O médico e o monstro* consiste na abordagem atenta da figura literária do duplo – elemento central para o estudo da ambiguidade característica da natureza humana, bem como para a reflexão acerca das contradições internas que perturbam o indivíduo moderno e para o aprofundamento em torno de uma questão essencial da produção literária de Robert Louis Stevenson.

A PRESENÇA DO DUPLO NA LITERATURA EUROPEIA

Na Europa dos séculos XVIII e XIX, o medo instilado pela mecanização crescente das atividades humanas, o medo de que nossa humanidade fosse substituída por um simulacro maligno, deu origem à noção do outro como presença tangível de um eu oculto: o outro é visto não como estrangeiro, não como alguém de quem podemos tomar distância, nem como reflexo lisonjeiro de um autorretrato idealizado, como o interior secreto e incognoscível, o lado negro do eu. O outro tornou-se o [...] o duplo: tinha as mesmas feições do protagonista, mas identidade oposta, como é característico das sombras. [...] Ao transformar em inimigo esse outro por cuja presença ganhamos consciência do nosso próprio ser, nós o fazemos ao custo de nossa própria vida, pois tudo o que lhe fazemos recai sobre nós. [...]

A natureza do duplo (para chamar o outro por seu nome literário) é ambígua, como ser ao mesmo tempo idêntico e distinto, como imagem especular em que direita vale por esquerda e esquerda vale por direita. O duplo é humano, mas não por inteiro; tem carne e osso, a par de um elemento de irrealidade, de vez que não conseguimos identificar ou reconhecer todas as suas ações. [...]

Em 1886, [...] Robert Louis Stevenson publicou *O estranho caso do Dr. Jekyll e do sr. Hyde*, talvez a mais perfeita das histórias sobre identidades múltiplas, na qual o terror diante do outro ganha explicitamente as feições do terror diante do que guardamos em nós mesmos. (Nicholas Rankin nota que, não por acaso, entre o *H* de "Hyde" e o *J* de "Jekyll fica a letra *I*, "eu".) Quatro anos depois, Oscar Wilde explorou a mesma ideia em *O retrato de Dorian Gray*, mas enquanto Stevenson faz com que as duas identidades distintas coincidam ao final, de volta a sua fonte comum, no relato de Wilde o eternamente jovem Dorian e seu retrato decadente são condenados, nas últimas páginas, a destinos separados: o de um Dorian abatido e encarquilhado e o de seu retrato juvenil. As duas histórias, contudo, sugerem que o exorcismo de nossos temores íntimos de uma autorrevelação exige a expulsão dessa identidade inexplorada, o banimento do outro, do "mau", para fora das muralhas da cidade.

MANGUEL, Alberto. As tabuletas de Gilgamesh. In: _____. *A cidade das palavras*. Trad. Samuel Titan Jr. São Paulo: Companhia das Letras, 2008. p. 36-56.

OS MONSTROS DE DENTRO OU O INFERNO ÍNTIMO

Quanto mais avançamos no século XIX, mais chega ao primeiro plano uma das características que se delineiam no Romantismo – a representação do dilaceramento vivido pelo eu até em seus aspectos patológicos. A análise ontológica permanece subjacente à análise psicológica, mas esta toma a dianteira: o sujeito freudiano dividido aparece na literatura antes de ser teorizado; o heterogêneo é, numa de suas componentes, a dualidade do ser: o sujeito de desejo entra em choque com a personalidade, imagem imposta pela sociedade.

[...]

Stevenson, que com *The strange case of Doctor Jekyll and Mr. Hyde* (O estranho caso do Dr. Jekyll e de sr. Hyde, popularizado como "O médico e o monstro", 1885) escreveu a mais famosa das histórias de duplos, já havia anteriormente, numa primeira aparição do tema em *Markheim* (1885), retratado também um homem que não aceita se ver tal como é e acredita dialogar com um duplo maléfico. Com Jekyll-Hyde ele vai mais longe. Jekyll sabe que está duplicado e tenta, na qualidade de homem de ciência, desembaraçar-se da parte malformada de seu ser, que não se coaduna com suas ambições sociais. Por meio da invenção de um pó, ele tenta separar a esfera do desejo – qualidade eufemisticamente entendida (estamos em plena época vitoriana, na qual impera uma moral rígida) como uma certa propensão para a alegria (simples sensualidade ou perversidade?) – da outra parte que ele quer encarnar por inteiro: a imagem do cientista virtuoso e austero que conhece apenas os prazeres simples da amizade masculina, cujo duplo é sem dúvida o primeiro narrador da história, seu amigo jurista sr. Utterson.

Mas na medida em que "o mal" libertado, que assume a forma de algo assim como um anão repugnante chamado Hyde ("escondido", se fizermos a associação com o inglês *hide* = esconder), se desenvolve com pleno vigor, o bom Dr. Jekyll, pálido fantasma, vai ser parasitado pelo outro: as duas partes não eram iguais, a força da virtude simbolizada pelo título de doutor parece bem fraca. Traduzindo a situação em termos freudianos, poderíamos dizer que, apertado entre o id = Hyde e o superego = doutor, o ego = Jekyll reduz-se a uma espessura mínima.

Toda a história do duplo revela que é perigoso conceder uma expressão ao mal: Hyde vai aos poucos ganhando terreno sobre Jekyll; o mal, Hyde, é mais vigoroso do que o pobre Jekyll, pálida imagem da honorabilidade; ele libertou a força bruta. É por puro instinto de conservação que Hyde aceita voltar a ser Jekyll: o alter ego infernal do respeitável Dr. Jekyll desembaraça-se de qualquer limitação moral. Jekyll é seu refém. Mesmo em Jekyll, Hyde vive e age; Jekyll protege Hyde, pois Jekyll visa apenas à aparência da respeitabilidade.

Sua morte revela o que ele era realmente: o corpo, encolhido, tem os traços hediondos do outro. A moral da história parece dizer que o prazer leva ao crime, mas sob outra perspectiva, o que a novela nos mostra é o fracasso do processo de repressão. Jekyll queria pôr-se a salvo do mal, encerrando-o sob uma aparência exterior a si próprio, e é então que ele volta com redobrados poderes.

É de se notar a evolução com respeito ao duplo de Dostoiévski, ainda equívoco do ponto de vista da existência: no texto de Stevenson, Hyde existe fisicamente, é percebido por todos.

BRAVO, Nicole Fernandez. Duplo. In: BRUNEL, Pierre (Org.). *Dicionário de mitos literários*. 4ª ed. Rio de Janeiro: José Olympio, 2005. p. 277.

O estranho caso de Dr. Jekyll e sr. Hyde [O médico e o monstro] conta como Dr. Jekyll, um médico londrino interessado nos aspectos bons e maus de sua própria personalidade, especula sobre a vantagem de ser capaz de separá-los. Em seu laboratório, ele realiza experimentos com uma droga que possibilita transferir seus maus instintos para "sr. Hyde", uma sinistra criatura que provoca terror em todos os que a encontram. A habilidade de Jekyll em controlar Hyde dá a ele, em um primeiro momento, uma falsa sensação de segurança; muito tarde ele percebe que seu demoníaco *alter ego* está, inexoravelmente, dando as cartas. Quando a droga perde o seu poder de restituir a Jekyll seu próprio corpo e ele se vê prestes a ser preso por um assassinato horrível cometido por Hyde, o médico se suicida.

Houve muitas histórias chocantes de crime e violência publicadas no final do século XIX, contendo uma mistura semelhante de suspense e horror. O que torna *O estranho caso de Dr. Jekyll e sr. Hyde* excepcional, além da qualidade de sua escrita, não é somente sua abordagem original da antiga guerra entre bem e mal, mas o modo como a novela articula, de forma única, preocupações modernas: a natureza multifacetada da mente humana, o terror da perda de identidade e os perigos da dependência química.

DUNLOP, Eileen. *Robert Louis Stevenson* – The Travelling Mind. Edimburgo: National Museums Scotland, 2008. p. 100-101.
[Trecho traduzido por Vicente Luís de Castro Pereira, para a presente edição.]

O DUPLO SOB UMA ABORDAGEM PSICANALÍTICA

Escreve Jentsch: "Ao contar uma história, um dos recursos mais bem sucedidos para criar facilmente efeitos de estranheza é deixar o leitor na incerteza de que uma determinada figura na história é um ser humano ou um autômato, e fazê-lo de tal modo que a sua atenção não se concentre diretamente nessa incerteza, de maneira que não possa ser levado a penetrar no assunto e esclarecê-lo imediatamente. Isto, como afirmamos, dissiparia rapidamente o peculiar efeito emocional da coisa. E T. A. Hoffmann empregou repetidas vezes, com êxito, esse artifício psicológico nas suas narrativas fantásticas".

[...]

Devemo-nos contentar em escolher aqueles temas de *estranheza* que se destacam mais [...] Todos esses temas dizem respeito ao fenômeno do "duplo", que aparece em todas as formas e em todos os graus de desenvolvimento. Assim, temos personagens que devem ser considerados idênticos porque parecem semelhantes, iguais. [...] Ou é marcada pelo fato de que o sujeito identifica-se com outra pessoa, de tal forma que fica em dúvida sobre quem é o seu eu (*self*), ou substitui o seu próprio eu (*self*) por um estranho. Em outras palavras, há uma duplicação, divisão e intercâmbio do eu (*self*). E, finalmente, há o retorno constante da mesma coisa – a repetição dos mesmos aspectos, ou características, ou vicissitudes, dos mesmos crimes, ou até dos mesmos nomes, através das diversas gerações que se sucedem.

O tema do "duplo" foi abordado de forma muito completa por Otto Rank (1914). Ele penetrou nas ligações que o "duplo" tem com reflexos em espelhos, com sombras, com os espíritos guardiões, com a crença na alma e com o medo da morte; mas lança também um raio de luz sobre a surpreendente evolução da ideia. Originalmente, o "duplo" era uma segurança contra a destruição do ego, uma "enérgica negação do poder da morte", como afirma Rank; e, provavelmente, a alma "imortal" foi o primeiro duplo do corpo. [...] O mesmo desejo levou os antigos egípcios a desenvolverem a arte de fazer a imagem do morto em materiais duradouros. Tais ideias, no entanto, brotaram do solo do amor próprio ilimitado, do narcisismo primário que domina a mente da criança e do homem primitivo. Entretanto, quando essa etapa está superada, o "duplo" inverte seu aspecto. Depois de haver sido uma garantia de imortalidade, transforma-se em estranho anunciador da morte.

[...]

Após haver assim considerado a motivação *manifesta* da figura de um "duplo", porém, temos que admitir que nada disso nos ajuda a compreender a sensação extraordinariamente intensa de algo estranho que permeia a concepção; e o nosso conhecimento dos processos mentais patológicos permite-nos acrescentar que nada, nesse material mais superficial, podia ser levado em conta na ânsia de defesa que levou o ego a projetar para fora aquele material, como algo estranho a si mesmo. Quando tudo está dito e feito, a qualidade da estranheza só pode advir do fato de o "duplo" ser uma criação que data de um estágio mental muito primitivo, há muito superado – incidentalmente, um estágio em que o "duplo" tinha um aspecto mais amistoso. O "duplo" converteu-se num objeto de terror, tal como, após o colapso da religião, os deuses se transformam em demônios.

FREUD, Sigmund. O "estranho" [Das Unheimliche].
In: ______. *Obras completas*. Rio de Janeiro: Imago, 1976.
v. XVII, p. 275-314.

ENTREVISTA IMAGINÁRIA

ROBERT LOUIS STEVENSON

por Vicente Luís de Castro Pereira

Entre os habitantes do arquipélago de Samoa, acreditava-se que o morador da imponente mansão Vailima, erguida na ilha de Upolu, fora presenteado pelos deuses com um poder raro e misterioso a que os nativos do lugar dão o nome de *mana*. Como os grandes sábios do passado, aquele estrangeiro escocês, nascido Robert Lewis Balfour Stevenson (que havia se mudado com a esposa para uma remota vila no Pacífico Sul, à procura de tratamento para males de saúde que o acometiam desde a infância), trazia em sua alma a força secreta dos antigos contadores de histórias. Quem o observasse debruçado sobre a sacada, ao cair da noite, seria capaz de reconhecer, no corpo emagrecido pela tuberculose e castigado pelos esforços despendidos em inúmeras viagens ao redor do planeta, o semblante generoso e afável do autor de livros que haviam conquistado o mundo. De sua mente inquieta emergiram, por exemplo, os passos furtivos de um homem mau que, durante a madrugada, persegue suas vítimas pelas ruas escuras de Londres e que, pela manhã, refugiava-se na interioridade de um ambicioso e excêntrico cientista. No entanto, com a imaginação inesgotável de um *tusitala*, exímio em captar a atenção de seus ouvintes, pudera dar origem igualmente a inesquecíveis histórias de piratas e tesouros escondidos. Certa vez, Stevenson hospedou-me em Vailima, por ocasião de uma das minhas viagens de estudo sobre a cultura dos povos da Polinésia.

A que se deve este olhar tão concentrado para as ondas do mar, durante uma simples caminhada na praia? Acaso sondas as profundezas do oceano para melhor divisar a complexidade da alma humana?

ROBERT LOUIS STEVENSON – Os mistérios ocultos sob águas geladas e insondáveis são análogos aos que se escondem sob o véu da aparente unidade da natureza humana. Não basta contemplar a exterioridade de um indivíduo para vislumbrar sua autêntica face. Nunca esquecerei uma madrugada terrível que passei em Londres, sobressaltado por sonhos e tormentas, em meio a crises terríveis da doença, o que acabou me obrigando a deixar a Europa. Um pesadelo me perseguiu ao longo de toda a jornada noturna. Eu podia visualizar o conflito entre um sujeito respeitado pela sociedade londrina e uma criatura monstruosa por ele trazida à realidade após uma série de experimentos pouco convencionais. Nos dias seguintes, no decorrer dos quais permaneci acamado e febril, compus uma narrativa insólita a respeito do drama vivido pelo personagem que minha mente concebera.

O senhor deve estar se referindo à história de Dr. Jekyll e sr. Hyde. A impressão perturbadora causada por essa novela tem me acompanhado desde a primeira vez que a li. Imagino que tal reação seja habitual em grande parte dos leitores.

RLS – De fato, muitos leitores observam que a concisão característica da obra intensifica o terror causado pela experiência de Dr. Jekyll. O protagonista do romance questiona os limites da ciência e ultrapassa as fronteiras éticas da pesquisa ao criar e consumir uma estranha droga que traz à tona a face mais obscura de sua personalidade. Sr. Hyde é, com efeito, o duplo de Dr. Jekyll. A perversão e a depravação em estado puro podem ser lidas em seu rosto e é por isso que, sempre que este personagem cruel surge, uma sensação inquietante se apodera dos demais. Dr. Jekyll conseguiu expor a integridade do mal que o habitava, subjugando gradualmente a parcela boa e generosa que outrora era predominante.

O senhor tornou-se um escritor célebre. A inventividade e a imaginação o acompanharam desde sempre? As narrativas continuamente estiveram presentes em sua vida?

RLS – Sim, meu amigo. Minha saúde sempre se mostrou frágil e, durante minha infância, poucas foram as minhas companhias. Acostumei-me a criar histórias manipulando pequenos soldadinhos de brinquedo e fui afortunado por ter, como babá, a velha sra. Cummy, uma mulher extremamente religiosa e com uma intrigante personalidade em conflito, mas que era excelente contadora de histórias. Para me distrair nos períodos de convalescença, eu ouvia as narrativas criadas para o meu entretenimento. Depois de algum tempo, eu mesmo passei a compor enredos e personagens de ficção.

Vieste morar nesta ilha afastada em função dos problemas de saúde. Algumas de suas histórias são ambientadas em cenários marítimos. Qual é a relação mantida entre sua produção ficcional e as paisagens abertas para o oceano?

RLS – A amplidão dos grandes mares estimula a imaginação a fabular diversas histórias de aventura. Em *Raptado* e *A ilha do tesouro*, por exemplo, explorei o universo dos piratas e das viagens empreendidas em grandes embarcações. Gosto de tratar daquilo que é desconhecido, tanto no mundo exterior das viagens desafiadoras quanto no terreno das histórias de crimes e mistérios que devem ser solucionados. A luz dos faróis que iluminam os mares e guiam os navegantes perdidos sempre me fascinou. Talvez eu também deseje, com minha escrita, iluminar os passos do leitor na direção de um desfecho surpreendente e impactante.

Este objetivo parece ter sido alcançado em todas as obras que o senhor compôs. Acaso sente falta da atmosfera mais sóbria da Europa e da sociedade vitoriana, tão distantes da ilha em que agora nos encontramos?

RLS – Nunca me senti à vontade no seio de uma cultura rígida e conservadora. Minhas obras rivalizam, de certa forma, com o aparente equilíbrio que uma visão superficial do universo vitoriano pode sugerir. Não sou partidário da exaltação absoluta do progresso científico e tecnológico. Acredito que tenho muito a ganhar com uma vida afastada do continente europeu. Após a morte do meu pai, resolvi vir com minha esposa, Fanny, para as Ilhas Samoa e não me arrependo. O contato com culturas tão diferentes me surpreende o tempo todo. Não sinto falta das ruas nevoentas e escuras de Londres, nem dos caminhos de Edimburgo que percorri quando criança. Resolvi iniciar uma nova vida entre os habitantes desta ilha esquecida no Pacífico Sul e acredito que viverei aqui até o último dos meus dias. Talvez permaneça por aqui mesmo após a minha morte.

Antes da mudança de continente, a literatura foi a principal forma de garantir maior qualidade de vida, na medida em que a possibilidade de criar narrativas mantinha distante a preocupação com a morte. Qual é o principal papel que o senhor atribuiria à literatura?

RLS – A literatura sempre me possibilitou externar as inquietações interiores e concretizar as fantasias que povoavam minha mente. Tenho um ritmo de escrita muito intenso, aliás. Compus a primeira versão de *O médico e o monstro* em poucos dias. Minha esposa foi a primeira leitora da novela e ficou muito incomodada com toda aquela atmosfera de terror. O texto original acabou sendo destruído, mas, depois de alguns dias, apresentei a história reescrita, na versão que hoje circula pelo mundo. A literatura foi sempre o terreno no qual pude realizar minhas aspirações. Todas as incursões que fiz por outros campos profissionais acabaram sempre por me levar novamente às praias do fazer literário. Não imagino sequer um dia de minha vida no qual não escreva, pelo menos, uma linha na superfície de uma folha de papel. A escrita é, para mim, uma atividade vital.

Em histórias de mistério, como O médico e o monstro *ou* Markheim, *o senhor aborda a presença concomitante do bem e do mal na vida humana. Essas duas faces são realmente indissociáveis?*

RLS – A menos que o senhor se arrisque em uma experiência tão

audaciosa quanto a empreendida pelo Dr. Jekyll, temo dizer que as faces do bem e do mal caminham lado a lado na interioridade humana. O mesmo se dá na vida em sociedade. Os grandes salões frequentados pela elite londrina dividem espaço, na mesma cidade, com os bares pobres povoados pela miséria e pelo crime. Trata-se da mesma imagem da duplicidade característica do par constituído por Dr. Jekyll e sr. Hyde. Ao observar a face bem comportada e civilizada do cavalheiro respeitado pela sociedade de Londres, nos esquecemos de reparar nas atrocidades cometidas pelo duplo obscuro que transita pelas ruas do subúrbio durante as madrugadas nevoentas. No caso de Markheim, o que se observa é a personalidade de um psicopata que não distingue com clareza as dimensões do bem e do mal. Lembre-se sempre, meu amigo, de observar as duas faces que habitam a interioridade humana. Nossa natureza é complexa demais para desfazer completamente as dicotomias entre a bondade e a maldade. As fronteiras são tênues demais para que possam ser totalmente separadas.

A partir da leitura de O médico e o monstro, *pude reparar no esforço que devemos fazer para que o bem possa triunfar. Dr. Jekyll tornou-se uma alma atormentada porque conferiu forças à dimensão mais terrível de sua interioridade. Acredito que devamos alimentar nossa porção mais generosa e iluminada.*

RLS – É este um dos papéis exercidos pela literatura. Quando as histórias nos revelam os recônditos mais sombrios da alma humana, permitindo que nos confrontemos com toda nossa complexidade, possibilitam a aquisição de uma consciência maior acerca de nosso poder e de nossa humana condição. Diante de um espelho que reflete e, ao mesmo templo, amplia as dimensões de nossa realidade, somos capazes de enriquecer nossa experiência. Desse modo, podemos traçar outros rumos para nossa existência no mundo real. O destino dos personagens, muita vezes, ilumina o caminho que nós próprios percorremos ao longo da vida.

A caminhada pela praia vinha chegando ao final e resolvemos retornar para o interior da casa, onde nos aguardava uma farta refeição. O diálogo com Robert Louis Stevenson, em terras tão distantes de minha própria casa, ampliou ainda mais minha compreensão acerca da literatura e das obras que, muitas vezes, nos deixam inquietos por inúmeras noites. O poder das histórias que nos devolvem à realidade com uma riqueza maior de experiências vividas revela-se análogo ao poder do escritor que conduz o leitor pelos interiores inexplorados da alma humana e pelas terras longínquas onde se escondem grandes tesouros.

SUPLEMENTO DE ATIVIDADES

O MÉDICO E O MONSTRO

E OUTRAS HISTÓRIAS

R. L. STEVENSON

CLÁSSICOS SARAIVA

NOME: ______________________________

Nº: ____________________ SÉRIE/ANO: ________

ESCOLA: ______________________________

A natureza multifacetada da personalidade humana e uma atmosfera de suspense são alguns dos ingredientes que tornam *O médico e o monstro* uma narrativa inesquecível e surpreendente, que cativa gerações há mais de 120 anos. O escocês Robert Louis Stevenson foi ainda o autor de vários outros romances clássicos de aventura, como *A ilha do tesouro* e *Raptado.*

O diabrete da garrafa e *Markheim*, dois célebres contos do autor, também fascinam pelo seu mergulho investigativo acerca da moral e da subjetividade humana, expondo fraquezas e virtudes.

As atividades a seguir pretendem ampliar a compreensão desses textos e da época em que foram compostos. Desenvolva-as após a leitura do livro, dos Diários de um Clássico, da Contextualização Histórica e da Entrevista Imaginária.

Bom trabalho!

UMA OBRA CLÁSSICA

1. Em *O médico e o monstro*, os experimentos realizados pelo Dr. Jekyll revelavam um grande interesse pela duplicidade da natureza humana. Explique que papel tal complexidade exerce na história.

2

2. O que representa o espaço londrino em *O médico e o monstro*?

3. Que visão acerca dos métodos científicos de pesquisa pode ser identificada em *O médico e o monstro*?

4. Identifique os elementos componentes do personagem Markeim, protagonista do conto homônimo, que podem ser considerados semelhantes aos traços característicos do sr. Hyde.

AS NARRATIVAS

5. O que levou Dr. Jekyll a entrar em crise após alcançar o sucesso de suas experiências?

6. Assinale V (verdadeiro) ou F (falso) para as seguintes afirmações sobre *O médico e o monstro, O diabrete na garrafa* e *Markheim:*

( ) Dr. Jekyll não tinha a alma atormentada porque conseguia controlar seus experimentos com total segurança, respeitando os limites éticos da investigação científica convencional.

( ) Os personagens Dr. Jekyll e sr. Hyde podem ser considerados um harmônico caso de duplicidade: suas características são exatamente as mesmas e constituem exemplos de comportamentos virtuosos.

( ) *Markheim* pode ser considerado um exemplo de personagem plano, pois não apresenta conflitos internos ou contradições psicológicas. Suas ações são coerentes com a natureza de uma pes- 4
soa simples e equilibrada.

( ) Em *O diabrete na garrafa,* Stevenson explora os poderes e a história fantástica de um objeto aparentemente banal, mas capaz de transformar a vida de quem o possuir.

( ) A história *O diabrete na garrafa* se desenvolve em um espaço familiar aos cidadãos londrinos do século XIX e não estimula a imaginação dos leitores para compor mentalmente a imagem de cenários exóticos.

( ) Em *O médico e o monstro,* os conflitos internos do perturbado Dr. Jekyll acabam por conduzi-lo ao suicídio, após inúmeros tormentos e inquietações.

( ) A obra *O médico e o monstro* antecipa as investigações sobre a natureza complexa da mente humana, desenvolvidas posteriormente pelos estudos psicanalíticos de Sigmund Freud. Da mesma forma, sua atmosfera de mistério e suspense pode ser considerada precursora das tramas dos modernos filmes policiais e os de terror.

PONTOS DE VISTA NARRATIVOS

7. Em *O médico e o monstro*, a narração se divide entre os testemunhos de diversas personagens. Associe as colunas abaixo e identifique os diferentes narradores que participam da história:

( ) Sr. Utterson
( ) Sr. Enfield
( ) Dr. Lanyon
( ) Dr. Jekyll

( ) Na última parte da novela, deixa um depoimento destinado ao sr. Utterson, revelando os antecedentes de suas experiências e as inquietações que atormentaram sua alma.
( ) No início da história, relata ao sr. Utterson um estranho episódio de violência envolvendo o sr. Hyde e uma criança. Suas observações são o ponto de partida das investigações do sr. Utterson.
( ) É o narrador central da história e empreende uma longa busca para tentar decifrar o enigma escondido por trás da identidade do sr. Hyde.
( ) Testemunha das experiências desenvolvidas por Dr. Jekyll, morre devido ao abalo causado pela visão da metamorfose do monstro/cientista. Seu longo depoimento possibilita ao sr. Utterson solucionar o mistério acerca da identidade obscura do sr. Hyde.

8. As características dos personagens principais de *O médico e o monstro* estão desencontradas. Relacione as duas colunas:

1. Dr. Henry Jekyll	a) Mordomo de Dr. Jekyll que, por ocupar a posição mais alta na hierarquia de criados da casa, tinha um contato maior com as estranhas transformações sofridas pelo patrão.
2. Sr. Hyde	b) Advogado austero que passa a investigar a enigmática identidade do sr. Hyde, terminando por solucionar o mistério por meio de depoimentos dos indivíduos envolvidos no caso.
3. Sr. Utterson	c) Duplo monstruoso e perverso que emergiu da interioridade de Dr. Jekyll a partir dos experimentos realizados com uma estranha poção.
4. Dr. Lanyon	d) Membro ilustre do Parlamento que foi assassinado pelo sr. Hyde e cuja morte alcançou enorme repercussão na sociedade londrina.
5. Sr. Richard Enfield	e) Médico ambicioso que se propôs investigar as contradições da natureza humana, mas acabou perdendo o controle sobre a própria experiência.

CLÁSSICOS
SARAIVA
TRISTE FIM DE POLICARPO QUARESMA
LIMA BARRETO
SENHORA
JOSE DE ALENCAR
AS TREVAS
E OUTROS POEMAS
LORD BYRON
ALBERTO CAEIRO
POEMAS COMPLETOS
FERNANDO PESSOA
O NAVIO NEGREIRO
E OUTROS POEMAS
CASTRO ALVES
O ALIENISTA
MACHADO DE ASSIS
Editora Saraiva

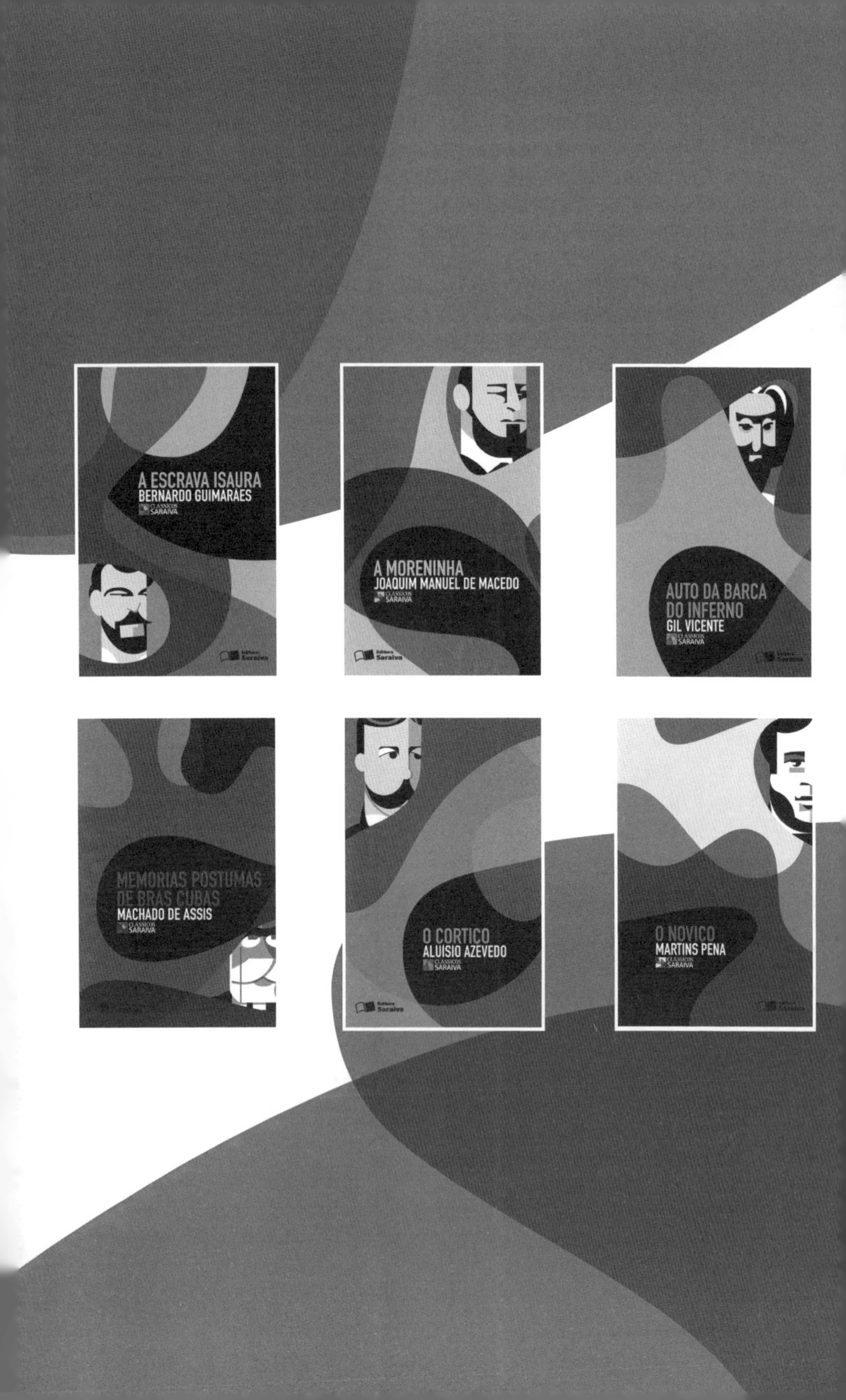
A ESCRAVA ISAURA
BERNARDO GUIMARAES
CLÁSSICOS SARAIVA
Editora Saraiva
A MORENINHA
JOAQUIM MANUEL DE MACEDO
CLÁSSICOS SARAIVA
Editora Saraiva
AUTO DA BARCA DO INFERNO
GIL VICENTE
CLÁSSICOS SARAIVA
MEMORIAS POSTUMAS DE BRAS CUBAS
MACHADO DE ASSIS
CLÁSSICOS SARAIVA
O CORTICO
ALUISIO AZEVEDO
CLÁSSICOS SARAIVA
Editora Saraiva
O NOVICO
MARTINS PENA
CLÁSSICOS SARAIVA

CLÁSSICOS SARAIVA

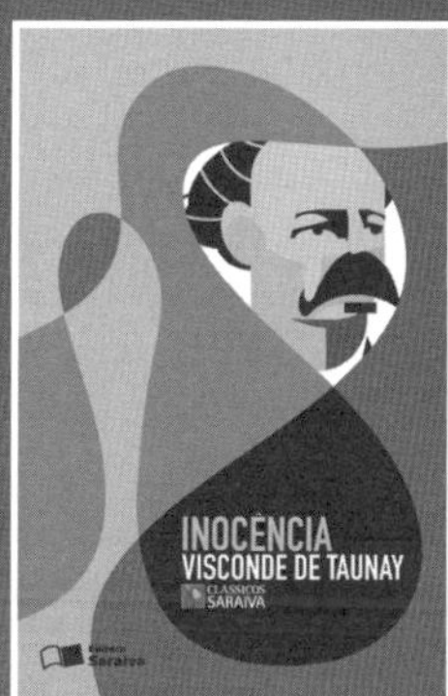